TO

審問官テオドア・オラニエと孤狼の騎士
～いかにして魔術士は無辜の死神に首輪を嵌めたのか？

七緒ナナオ

THE INQUIRER
THEODORE ORANIER
AND THE KNIGHT OF THE LONE WOLF

CONTENTS

この世界を創った偉大なる魔女は言った。
すべての命あるものに等しく魔力を。魔力を扱う術を与えよう、と。
誰もが崇める偉大なる魔女の祝福。それを拒絶する騎士があった。
外へ向かう魔力を内循環させて力に変える存在。
魔術士を狩る騎士たち。異端の騎士だ。
その者たちの名を、エレミヤ聖典騎士団という。
（異端審問評議言行録十一章七節
『魔女エレミヤの使徒イザヤの見識』より）

第一章　光を掲げる者

魔術士の死が、テオドアを見ていた。

息が詰まる。音が飛ぶ。瞬きも忘れ、時間が間延びしてゆく。心臓を鷲掴みにされたような息苦しさ。それは恐れか、焦燥か。感情の空白だけが広がっている。

これが死か。

どこか冷静で、まるで他人事のように思えるのは、テオドアが感情よりも思考を優先する魔術士だからか。あるいは、魔術士の死がただ静かに、けれど鋭く殺気を放っているからか。

ひとりの騎士が、テオドアを見ていた。

テオドアの命を握る騎士は、死神のように漆黒をまとう。首を隠す立て襟の隊服は黒く、飾り紐やボタンは深い赤。襟には隊章《エンブレム》、肩には階級章が輝いている。

闇夜にぽかりと浮かんだ月のような琥珀色の鋭い眼。見上げるような背丈に、彫りが深く端整な顔立ち。藍色を溶かしたような黒髪は殺気で逆立っている。まるで狼のような静かなる獰猛さ。

目を逸らしたら死ぬ。少しでも動けば首が飛ぶ。生き物としての勘が、テオドアに訴えかけている。けれど、いつまでも呼吸を止めているわけにはいかない。

呼吸をひとつ。息を吐き出した途端。白灰色の長衣《ローブ》の下の、背中が汗を噴き出した。

汗が噴いたのは、背中だけじゃない。テオドアの雉鳩色《きじばといろ》の短い髪は、へたりと額に貼りついているし、淡褐色《ヘーゼル》の眼は濡れていた。

おれはここで死ぬのか。

そんな考えがテオドアの脳裏を過ぎる。

テオドアが、エレミヤ聖典騎士団西方領区支部に審問官として赴任して、二週間あまり。少しは騎士団の雰囲気に慣れたと思っていたけれど、やはりここは異質な世界だ。

なにせ、中央棟にある食堂を目指して出た石造りの回廊で、抜き身の剣を携《たずさ》えた黒い騎士に遭遇したのだから。

遅い朝食を取ろうと東棟から出てきた途端、テオドアは災厄に出くわした。それは、単なる不運か、偶然か。それともここが、騎士の根城だからか。

空は晴天、曇りなし。初夏の陽射しを受けて、石英混じりの流紋岩が敷き詰められた回廊が、時折きらりと輝いている。今朝の空気は爽やかで、死という殺伐さからはほど遠い。

そのはずなのに。

どうしてこんなことに？　こんなところで死を突きつけられるような目に遭う落ち度は、なにもなかったはずだ。

騎士が、抜剣して、魔術士《テオドア》を見ている。

魔術士に死をもたらす騎士が、抜き身の剣に殺意を乗せて。

ああ、これは死んだ。

ふいに悟ったテオドアの理性が、一瞬、生きることを諦めた。けれど生き物としての本能が、死に抗うように呼吸を続けようと慌てて息を吸う。性急すぎたのか喉が震えてひゅ、と音が鳴った。琥珀色の殺意が、柄《ヒルト》を握り直す音が聞こえる。

エレミヤ聖典騎士団の騎士は皆、暴走した魔術士を屠る役目を担っている。けれど、それならば、暴走した騎士は一体、誰が止めるのか。その答えはどこにもない。

ここで騎士に殺されたなら、過去の過ちが精算されて楽になれるだろうか。せめて痛くないように、と。理性が本能に打ち勝って、全身の力を抜くように、肺に詰め込んでいた息を吐き出した。震える身体は余計に力が篭り、溺れたように呼吸が乱れる。

そうしてテオドアは、場違いな声と言葉とをその耳で聞いた。

「そこの君、もしや最近赴任してきた審問局の魔術士かな？」

再び緊張する身体。声がした方向へ視線を注ぐと、燃えるような赤髪の、柔和な微笑みを浮かべた黒騎士がひとり。その騎士は、琥珀色の殺意が乗った剣先をただの指先ひとつで止めていた。

化け物だ。騎士は皆、化け物ばかり。

人気《ひとけ》のない回廊で同胞を襲う騎士もそう。その騎士の剣を人さし指と親指だけで食い止めている騎士もそう。これを化け物と呼ばずして、なにを化け物と呼べばいいのか。

己の命が離れゆく寸前。儚く消えゆく予感に震えていたテオドアは、切っ先を受け止めている騎士が、ただの騎士ではなかったことにギョッとした。

「だ、第三部隊隊長、デラクレス卿……？」

「お。さすが魔塔出身の審問官は優秀だ。魔術士連盟から派遣されていた前任の審問官は、騎士の名前や所属など覚えるに値しない、だなんて言って、目も合わせてくれなかったよ」

カラリと笑うデラクレス。その気安い態度にいくらか緊張が解けたテオドアは、それでも喉の奥を絞り出すように震わせた。

「だから解任されて、おれと局長《ボス》が新任されたんですよ」

「いいね、謙遜しない人間は好きだ。肝が据わっている。俺と目を合わせて二往復以上会話できる魔術士は、そういない。……ロウ、剣を収めろ。魔術士殿が失神しそうだ」

デラクレスの言葉に、それまで噴き出していた殺意が琥珀色の眼から消え失せた。ロウと呼ばれたその騎士は、言われるがままに無言で剣を鞘に収め、待機姿勢《気をつけ》を取る。

それでようやく楽に呼吸ができるようになった。テオドアは、ぐっしょりと濡れた背中に顔を顰《しか》めながら、ロウを落ち着いた気持ちで再度見る。

新月の夜を思わせる藍色がかった黒い髪。まとう隊服も漆黒で、黒一色の中で目立つのは、琥珀色の眼だ。けれどその眼も、今は無感情に凪いでいる。テオドアになど興味が湧かない、とでも言うかのように。

一瞬でも死を覚悟した時間は、なんだったのか。今、生きている幸運より優先される理不尽を感じながらも、テオドアはそれを水に流すことにした。

なぜならテオドアは、エルゴルビナ大陸で知らぬ者はいない魔術の最高峰である魔塔の出身だから。飛び級で魔術学を極めるだけでなく、礼儀と教養をも習得《マスター》した上で、魔塔の博士過程を終え、新任審問官としてエレミヤ聖典騎士団に赴任しているから。

もう学生ではないし、十六歳で成人してから七年も経ったいい大人である。今更蒸し返すなんてことは大人のすることじゃない。さらりと水に流すことは、いち社会人として当たり前の作法である。あるのだけれど。

「余計なお世話かもしれませんが、そちらの方の先程までの行動は規律違反ですよね。騎士団内での私闘は不和を呼ぶので、許されていないはずでは？」

騎士団内のトラブルを扱う審問官としての立場が、テオドアの舌を滑らかに動かした。流しきれなかった苛立ちと悔しさが、棘を含んだ辛辣な言葉に変わって放たれる。

気づいた時には、もう遅い。死を覚悟した際の硬度な緊張が緩んだときが、一番危ない。思わずこぼれた本心。放たれた言葉は呑み込めない。

全身から血の気が引くような思いでデラクレスを見る。彼は気にしたような素振りを見せずにカラリと笑った。

「問題ない。ロウはいいんだ、私が許している。これは私闘ではなく、野外演習だ。ただ──たまには個人演習の申し入れをされてから、剣を合わせたいとは思っているんだが」

デラクレスが期待したような目でロウを見る。

「考えておきます」

それまで閉ざされていたロウの口から、心臓がゾクリと震えるような低い声が放たれた。琥珀色の視線と同じく、無感動な声。

ほんの数分前まで、殺意でギラついていた騎士と同一人物とは思えないほど。テオドアは、鉄仮面をかぶった置物のようにおとなしくなってしまったロウを、チラチラと盗み見た。

もしや騎士という生き物は、日常的に剣を交えていなければ生きていけない生き物なのか。殺意を抱いているときにだけ、生き生きと輝く存在なのだろうか。憎悪や恐怖のない殺意などあり得るのだろうか。

教科書や資料には載っていない生身の騎士の生態を、こんな間近で観察できるなんて。魔術士としての好奇心が、どうしようもなく疼く。テオドアの淡褐色《ヘーゼル》の眼が、知的好奇心できらりと光る。

けれど、テオドアがロウへ向けた興味はいとも容易く遮られた。デラクレスが胸元から一通の手紙を取り出したから。

「君が優秀な魔術士であることを見込んで、頼みたいことがある。すまないが、この手紙を送ってくれないか」

テオドアは、差し出された手紙を反射的に受け取って、懐中時計を胸元から取り出した。

時刻は九時を過ぎたところ。週に一度、郵便物は火曜の九時に集荷される。

「次の郵便集荷を待てない急ぎの手紙ですか」

白い封筒に赤い封蝋。エレミヤ聖典騎士団の西方領区支部、黒狼の第三部隊をあらわす狼の刻印。その裏には、宛名書き。

テオドアは、珍しいものを見た、と思わず目を細めた。今どき珍しく宛先が書かれた手紙だったから。

普通、手紙に宛先は書かない。書く必要がないからだ。宛先がなくとも手紙は届く。どうやって？　――魔術を使って。

郵便魔術は、手書きの宛名の代わりに魔術式を封書に埋め込む。

一見、宛名は書かれていないように見えても、魔力を通せば宛名が浮き上がる。埋め込まれた魔術式は手紙を符号《データ》に変換し、波を生み出して空間を変化させ、郵便規約《プロトコル》に則って送り出す。

瞬きひとつの時間で手紙は宛名の主の元に届く。誰にでも使える簡単な魔術式である。

とはいえ、誤送を防ぐために専用の郵便魔具を使って送ることが多い。

けれど、魔力を内循環させて物理力に変えている騎士は、話が違う。郵便魔術どころか、郵便魔具すら使えない。魔術も魔具も、魔力を外循環させて使うものだから。

騎士は魔術で手紙を送れない。そして、もうひとつ別の理由で、手紙を送るには集荷を待つしかなかった。

テオドアは受け取った手紙とデラクレス、それから無表情のロウを代わる代わる見つめて、

「急を要する大事な手紙ですか。……もしかして、そこの騎士《ひと》の妨害にあって集荷に遅れました？」

「そうなんだよ、ロウにじゃれつかれて集荷に遅れた。次の集荷は一週間後だ。それまで待てない」

　眉を寄せたデラクレスの目に、切実さが滲んでいる。こうなるとテオドアは放っておけない。まだ取っていない自分の朝食と、急を要するデラクレスの手紙。その両方を天秤にかけた上で、首を振る。横ではなく、縦へと。

「わかりました、おれが請け負いましょう」

　テオドアは、漂白された厚手の紙で作られた封筒を折り曲げないように丁寧に白灰色の長衣《ローブ》のポケットへしまった。その一挙手一投足を、じっとりとしたロウの視線に見守られながら。

　手紙の中身が気になるのか、それとも配達されたくないのか。テオドアは、どうか邪魔だけはしてくれるなよ、と祈るような気持ちでロウをひと睨みして、デラクレスには愛想良く微笑んだ。

「必ず届けます、速達扱いで。城砦の外に出る必要はありますけどね」

「君が話のわかる魔術士でよかった」

　安堵したデラクレスは肩の力を抜いてそう言うと、険しい顔で黙したまま佇むロウの肩

を叩く。

「そういうわけだから、ロウ。お前がしっかり魔術士殿を護衛しなさい」

と、からりとデラクレスが笑った。テオドアは、デラクレスの顔面に有無を言わさぬ圧を見た。

そういうわけとは、どういうわけだ。どこの世界に、魔術士の天敵である騎士の護衛を快く受け入れる魔術士がいるのか。

魔術士の存在に理解がありそうなデラクレスが護衛につくのならまだしも、ロウがつくという。上司であるデラクレスに遠慮なく殺気を浴びせていたロウが。デラクレスの手紙に並々ならぬ関心を寄せているロウが。

まだ死にたくはないんだが。

だなんて思いながら、テオドアは顔を引き攣らせて後退さる。ジリジリと距離を取りながら、裏返りそうな声を必死で抑えて反抗を試みる。

「いや、あの……ちょっとそこまで出て行って、魔術を使うだけですよ。西方領区支部がある深淵の森は、騎士の皆様が森で日々鍛錬をしてくださっているおかげで〈獣《ケモノ》〉の類は数えるほどしかいませんし、おれはこう見えても上級審問官なので」

心配には及ばない、と言いかけたテオドアの言葉を、デラクレスが第三部隊隊長の鋭さで遮った。

「だが君は魔術士だ。我々の剣ひと振りで、容易く命を刈られる存在にすぎない。となれば、護衛は必要だ。それに、森には正体不明の『光を掲げる者《ルキフェル》』がいる。三日前にも観測されたばかりで危険だ」

「光を掲げる者《ルキフェル》……明けの明星のことですか？　東の空でひときわ強く輝く星の別名ですね。それが危険なんですか？」

　テオドアの疑問に、デラクレスが肯定するように首を振った。

「見えるはずのない光が、深淵の森では見えるのさ。その光は、我々《騎士》では近づくこともできない彼方にありながら、すぐそこにある光。害をなすのか、なさぬのか。それすらも観測できない不可思議な光だ」

「そんな話、聞いたことありませんが」

「あるはずがない。深淵の森で我々が解決できないでいる案件を、赴任してから二週間足らずの魔術士《新入り》の耳に入れるような尊厳《プライド》のない騎士は、ここにはいない。そうだろう、ロウ。俺はなにか間違っているか？」

　なんて、傲慢な。テオドアは、ロウがデラクレスの横柄な言葉に反発すると予測していた。隊長《上司》の言葉を否定できないだろうけれど、素直に肯定することもないだろう、と。デラクレスに剣と殺気を向けていたロウは、特に。

　けれど、

「デラクレス隊長はなにも間違っていません」

と。ロウは、テオドアの予測に反してあっさりと肯定してしまう。不平も不満も噴き出さず、そうすることが当たり前であるように。

「ほら、な？」

デラクレスは、ロウが反意を抱くことなどない、と確信を得ているようだった。

騎士にとって、隊長の言葉は絶対だ。であるならば、と考えて、テオドアはひくつく頬を隠しもせずに息を吐く。

「……おれが断っても、ついて行かせる気ですね？」

「よくわかっているじゃないか。こう見えてもロウは、今まで一度だって、俺が言いつけた任務を失敗したことなんてないんだ」

「ここは騎士団の領域だ。審問官、忠告は大人しく受け入れたほうがいい」

今度は、テオドアに興味関心など寄せていないロウが、デラクレスから受けた任務を遂行するために饒舌に話しはじめた。

「審問官も言っていただろう。我々は鍛錬のために森に入る、と。今、森を巡回しているのは青獅子の第二部隊だ。あの部隊は融通が利かない。本来、森にいるはずのない魔術士がいたら、どうなると思う。加えて、得体の知れない存在がいる森だ。審問官ひとりで生還できるとでも？」

滑らかに説得するロウの低い声に、テオドアは眩暈《めまい》がするような思いだった。

これは、もう、逃げられない。

もとよりテオドアに断る選択肢などなかったのかもしれない。すっかり諦めきったテオドアは、それでも完全降参してしまったことだけは認めたくなくて、両手を上げながら語勢を強めて言った。

「わかりました、わかりましたよ！　ロウ卿を護衛につけていただきたい！」

「最初から素直に受け入れておけばいいんだよ、こういうものは。それじゃあ、手紙をよろしく頼んだよ、魔術士殿。それからロウ。――殺すなよ」

「わかっています」

ロウという名の騎士は、念を押さなければならないほど理性が緩いのか。

テオドアは、親切心で軽く引き受けた郵便配達の任務を無事終えることができるよう、心の中で創世の魔女に祈りを捧げた。


深淵の森は、深い。

騎士団の城砦を覆い隠すように取り囲む深い森。門兵に止められることがなかったのは、もしかしたらロウを連れていたからかもしれない。テオドアはあっさり城砦の正門をくぐって森へ足を踏み入れた。

城壁周辺は多少開けてはいるものの、すぐに木々や草花が野放図に広がる鬱蒼とした森となる。テオドアは足の裏に木の根や石ころ、踏みつけた枝や雑草の強かさを感じながら、ザクザク歩みを進めてゆく。

なぜ城砦から離れる必要があるのか？　――すべては魔術を使うために。

騎士団内から送られる手紙が、集荷を待たなければならなかった理由。それは、城砦の敷地内とその周辺では、特定の魔術が使えないことによる。

城壁で囲まれた城砦の中心部にそびえ立つ中央棟。その地下深くには、ひとつの封印石が埋め込まれている。封印石が封じているものは、外向きの魔力――魔術だ。その効果範囲は、半径五キロメートルにも及ぶ。

封印石には、外部と連絡を取り合う魔術を封ずる術式が埋め込まれていて、城壁内では通信や郵便などを行う魔術が軒並み使えない。厳密に言うと、物体を移動させる魔術式や、波を生み出して空間を変化させる魔術式が制限される。

機密が漏洩することを嫌った騎士団上層部が、魔塔に掛け合って封印術式を構築したらしい。だから、魔術士階梯が高いテオドアやその上司であっても、魔術を使って外部と連絡を取り合うことは不可能だ。

魔術士を嫌う騎士団が、なぜ魔術士の存在を受け入れているのか。

その答えが、中央棟に設置された封印石。封印術式を維持するためである。

騎士団の主戦力は魔術を使えない騎士ばかり。彼らでは、封印石を維持できない。魔塔や魔術士連盟に属する上位階梯の魔術士でなければ、封印石の管理ができない、ということ。

だからといって、表立って魔術士を受け入れることもできない。エレミヤ聖典騎士団は魔術を忌避し、暴走の果てに害なす魔術士を狩るための組織だから。

そのため、団内で揉め事や争い、事件などが発生した際に第三者的な立場で聞き取り調査を進める審問官という役職を割り当てた上で、魔術士を招き入れている。

とにもかくにもそういうわけで、テオドアは手紙を届けるために封印石の影響下から逃れたい。だから、深淵の森に分け入っている。

深淵の森に、騎士団の城砦と外界を結ぶ街道はない。踏み固められて通りやすくなった獣道のような原始的な道しかなかった。

時折、顔に当たりそうになる枝葉を手で払いながら、テオドアは長衣《ローブ》の懐から油紙に包まれた細長い携行食を取り出した。

形の悪い直方体、砂糖と蒸留酒でコーティングされて、粘つき濡れた表面。匂いはなく、黒く焼けた小麦粉の中に、まだらに紅色が混じっていた。それを齧る。

甘味を凝縮したようなねっとりとした食感の携行食を二口齧ったところで、テオドアはロウの険しい視線を感じた。

「……なんですか。あげませんよ」

「欲しいとは言っていない。確認するが、それは食い物か？」

「そうですよ。まあ、欲しがったところで渡す気はさらさらないんですけど。今日、はじめて行く予定だった食堂で食べ損ねたおれの朝食代わりなんで」

だから腹が減って仕方がないのだ、とつけ足して、テオドアは携行食を取られまいと大口を開けると、三口で口の中へすべて収めた。人工的な赤苺の味がする携行食は、口内の水分を吸収し、時間経過とともに膨れ上がってゆく。それをどうにか咀嚼して胃袋へ流し込む。

「ああ～、この甘さがたまんない」

するとである。ロウの呆れが混ざった失礼な視線を感じた。意地汚いとでも言われるのだろうか、と身構えていると、ロウは疑うような目でテオドアを見て言った。

「そんな不味そうな固形物が？」

「失礼なひとですね。魔塔製の携行食ですよ」

ロウの指摘通り、携行食は見た目が悪い。それは認めよう。だからロウのように、一見では食べ物であると認識できない者もいる。

けれど、魔塔の食品開発局がレシピを開発しただけあって、瞬間的に摂取できるエネルギー量と栄養素が生半可ではない。一日に必要な栄養素の三分の一が詰め込まれている上に、ある程度の長期保存も可能である。

テオドアは学院時代から魔塔製携行食の愛好者で、特に研究室に篭って研究に没頭するときの最高の相棒だった。学院から魔塔へ進んでからも好んで食べて、今でもこうして食事を食いっぱぐれたときや、朝食代わりとして携行食のお世話になっている。

そんな相棒を貶《けな》されて、黙っていられるのか。そんな不義理なことなど、テオドアにはできない。

「いいですか。これひとつで一食分の補給ができるんです。油紙から取り出して齧るだけ。

片手間に栄養補給ができる優れもの。味だって、プレーンしかなかったところに、おれが熱烈なリクエストを送り続けて今じゃ楓蜜と赤苺と紫苺と黒蜜砂糖の四つの味が加わったんです。つまり、おれのために開発された、おれのための携行食ってことです」

自慢げな顔で誇るように胸を張るテオドア。ロウから返ってきたのは沈黙と呆れだけ。

効率のよい食事こそ至上である、というテオドアの価値観は、どうやらロウには理解されなかったらしい。戦場に身を置く騎士ならば、携行食の偉大さを理解できると思っていたのに。

「理解に苦しむ」

ため息混じりのその言葉を聞いたテオドアは、舌打ちこそしなかったものの、頭の奥で張り詰めた糸がぷちんと切れる音を確かに聞いた。

べとつく指先を舌で舐め、空になった油紙を折りたたむ。白灰色の長衣の乱れを払って整え、テオドアはニコリと仮面を被った。

「ロウ卿は、第三部隊の副隊長ですよね」

「その携行食は採用しない。俺に口添えなど期待するな」

まだなにも言っていないのに、早合点したらしいロウが静かに首を横へ振る。そうしてひと呼吸置いてから、ロウは吐いた息を呑み込んだ。

「なぜ、俺が副隊長だと？　魔術士というのは皆、騎士などに興味がない者どもだと思っていたが」

「はは。興味だなんて、そんな。襟には狼の隊章《エンブレム》。肩には、一本線の上に星がひとつ縫いつけられた階級章。ひと目見ればわかります」

「粗探しの間違いでは？」

「探られて困る粗でもあるんですか？」

にこやかに放ったテオドアの鋭い突っ込みに、ロウが言葉を詰まらせる。嫌味に嫌味で返しただけなのに、簡単に口を閉ざしてしまうだなんて。どうやらロウは寡黙そうな見た目通り、舌戦が得意ではないらしい。

自分の優位性を感じたテオドアの浮かべた笑みが深くなる。

携行食を馬鹿にされた恨みを晴らすなら、今だ、と。仕掛けるならこのタイミングだ、と。テオドアは笑みを浮かべたままゆったりと舌と口とを動かして、ロウの心を掌握すべく喉を震わせた。

「ところでロウ卿は」

「審問官。俺は卿をつけて呼ばれるべき身分じゃない」

出鼻を思い切り挫かれて、テオドアは目を瞬いた。

「え？　騎士団には、出身からくる身分の差は存在しない、と聞いていますが」

「騎士が貴賤なく実力主義だと信じているなら、おめでたい」

「騎士団も魔塔も、あまり変わらないんですね。では、ロウ副隊長。自分をうまく表現できずに、歯痒い思いをしたことがあるんじゃないかって思うんですけど、どうです？」

不意をついた指摘は、どうやら図星だったらしい。

「……なにが言いたい」

殺意は乗らないまでも、鋭さを増した琥珀色の目に睨まれた。

けれどテオドアは、不敵に笑った。ロウの反応が完全に予測の範囲内だったから。一ミリのずれもなく予測通り。そうなるように言葉を選んだのだから当然だ。

だから余裕を持って、テオドアは口を開いた。言葉の端々に、ロウの心の柔らかいところを刺激するための細く見えない針を忍ばせて。

「そんなに警戒しないでくださいよ、ただの社交です。ロウ副隊長は言葉数が少ないじゃないですか。であれば、自分と向き合ってくれるデラクレス卿が大事なのでは?」

自分は敵ではないのだ、と示すための柔らかな声色。テオドアは、ロウの警戒心を解くようにゆったりとした動作で琥珀色の目と目を合わせる。

ロウのように沈黙を厭わず、余計なことを喋ろうとしない人間の心を開かせることは、容易じゃない。ないのだけれど、一度でも頑なな心が緩んでしまえば、こちらのもの。

自らを語らせてしまえばいい。それだけの話。テオドアは、そのきっかけを与えるだけ。

何度目かの瞬きのあと。険しく吊り上がっていたロウの目がほんの少しだけ緩んで、視線は左下へと伏せられた。

「隊長は……孤児だった俺に、騎士になるという道を示し、世界を広げてくれた恩人だ」

「恩人なのに、デラクレス卿の命を狙うような真似を、なぜ?」

「これは審問か？　そうでないなら、黙秘する」

途端、ロウの態度が頑なに硬化する。

しまった、これは完全にしくじった。警戒と緊張を解くところまではできたはず。けれど、焦ったのが悪かった。テオドアは自分の詰めの甘さに、静かに奥歯を噛み締める。

隊長を殺害しようとする副隊長の存在。

恩人であると語った口で、隊長すら屠ろうとする行為が、本当に騎士の生態なのか。テオドアは、彼らの実態を把握することを諦めたわけじゃない。

野外演習の一環だから、と言われて大人しく引き下がったのは、デラクレスもロウも深く探られたくないようだったし、納得してほしそうだったからそれに乗っただけ。

無口なロウと一対一であれば、口を割らせることができると思っていた。けれど、副隊長なだけあって、そう簡単には教えてくれないらしい。

今は一旦、引き下がろう。テオドアは慌てた振りを装って、首と両手とを横へ振る。

「違います、違います！　言ったでしょ、ただの社交だって。少々踏み込んでしまったことは謝罪します。でも、ロウ副隊長とデラクレス卿の関係なんて、おれには興味がないんです。あんた達がトラブルを起こして、審問官が必要なほど拗れるか、騎士団に影響を与えるような事件を起こしさえしなければ。ただ……デラクレス卿から興味深い話を聞いてしまったので。どう切り出せばいいのか迷ってしまって」

「――光を掲げる者、か」

いまだに琥珀色の目に警戒心が残るものの、静かに口を開いて歩み寄りを見せたロウに、テオドアはゆっくりと頷いた。

神妙な顔で頷いたものの、光を掲げる者の話など、すっかり忘れていたし、信じていなかった。テオドアに、ロウの同行を許可させるための方便なんだろう、とさえ思っていた。

けれど、ロウの警戒心を解いて信用を得るには、これしかない。そもそも、テオドアとロウとの間で語れる共通の話題も、限られているのだし。

デラクレスから聞いた話、というきっかけで、光を掲げる者を即座に口にするということは、それだけロウは、得体の知れない光の存在を気にしているということだから。これを利用しない手はない。

誰にも解決できなかった事象を解決させて、手柄を取らせる。そうしていい気分にさせれば、口など簡単に開くはず。

頑ななロウの壁を突き破るように、テオドアは琥珀色の双眸を射るようにまっすぐ見つめて誘った。

「おれたちで、光を掲げる者の正体を突き止めませんか」

城砦の正門をくぐってから三十分余り。

後ろを振り返っても、繁る木々に隠れて城砦の姿は見えない。場所によっては、中央塔の見張り台がチラリと見えるところもあるけれど。

城砦から見て東側の森には、巨石がいくつかゴロリと転がる区域がある。岩を避ける度に左回りで回避して、テオドアはロウに従って深淵の森を東方面へ進んでいる。

「光を掲げる者の正体など、今更調べたところで、なにもわかるわけがない」

ロウが、何度目かのため息のあとで振り返りもせずに投げやりに言った。

意外にも、ロウは光を掲げる者と呼ばれる存在の捜査に同意した。まるで、デラクレスから預かった手紙を送ることを先延ばししたいかのよう。あるいはロウも、謎の光の正体が気になっていたのか。

気が進まないことは、先延ばしにする。気になるくせに、無関心を装う。それはよくある心理だ。ロウの胸の内などお見通しだ、とばかりに、テオドアは姿勢のよい広い背中を眺めながら声を張り上げる。

「そうですか？　ひと通り調査を行ったみたいですけど、その調査隊に魔術士はいなかったでしょう」

「魔術士が必要なことだとは思えない」

「もしかして、ロウ副隊長も調査隊に？」

「……隊長が、気になるというから」

返って来たのは、ボソリと囁かれた呟きだけ。

殺意が乗った剣を向けるほど拗れているのに、ロウはデラクレスの命令に抗えない。

デラクレスは、孤児であったロウを拾い上げ、騎士にしたのだから親も同然。それ故に親愛のような情が絡んで、最後のひと振りを押し込めないでいるんだろうか。

殺したいのか、生かしたいのか。

忠実でありたいのか、叛逆《はんぎゃく》したいのか。

テオドアは騎士の生態というよりも、ロウの矛盾した思考に興味を覚えはじめている。だから思わず、うっかり。新しい玩具を手に入れた子供のように目を細め、ハッとして我に返った。歪む口元を隠すように右手で押さえて、取り澄ましたように相槌を打つ。

「隊長が、ねぇ。なるほど、そうですか。……別に構いませんよ、むしろ話が早くて助かります。いつ頃から見えるようになったんです？」

「見えるようになったのは昨日今日の話ではない。俺が騎士団に小姓《ペイジ》として入った頃にはなかったが、従騎士《エクスワイヤ》になって少しした頃から話を聞くようになった。今では半年に一回程度、調査隊が派遣されている」

「へぇ。随分と長い間、解決されずにいたんですね」

「騎士が無能だとでも言いたいのか」

怒気を孕んだロウの言葉に、テオドアは怯むことはなかった。

ロウは決して、テオドアに剣を向けない。

そういう確信があったから。なにせデラクレスが、殺すな、と命じたのだから。精神的に優位に立っているのは、間違いなくテオドアだ。

「あーいけませんよ、ロウ副隊長。好戦的すぎる、って言われません？　あ、失礼。実際、好戦的でしたね。まさか上司にあたるデラクレス卿に剣を向ける騎士がいるなんて、この目で見るまで信じられなかったので」

テオドアの挑発的な言葉に、ロウが無言を返す。なにか言いたそうな顔をしていたけれど、それは無視して話を続けた。

「それはさておき。星が見えるのは、騎士団の城砦から見て東方向で間違いないんですよね。西の空ってことはないでしょ。合ってます？」

「東だ。……なぜわかる？」

ロウが訝しむように顔を歪めて振り返り、立ち止まる。

「光を掲げる者、つまり明けの明星だ。夜明け近く、うっすらと空が白んでくる時間に見える星の別名です。通常なら、東から南東の空で観測できます」

テオドアは足を止めて、進行方向である東の空を指さした。指をさしたところで、空は深い木々に覆われ、重なる緑の葉の隙間からわずかな青色が見えるだけだったけれど。

「夏の後半から春の前にかけて観測できる星です。……確か、三日前にも観測されたんですよね。……季節が合わないな」

「深淵の森にあらわれる光に、季節性はない。観測可能な時間帯は同じだが」

「東の空で、年中通して観測できる星？　そんな星、ちょっとあり得ませんね。……あなた方が『光を掲げる者《もの》』と呼んでいる星は、ひょっとして星ではなくてただの光源？」

探るようにロウを見たテオドアに、したり顔でロウが言う。

「俺も隊長も、『光を掲げる者』が星であるなど、ひと言も言っていない」

「ですよねー！」

勝手に早合点してしまった、とテオドアは、顰めっ面で歩みを再開した。歯痒い思いをしたからか、無意識に言葉数が減ってゆく。

数十歩進んだところで、ひびの入った岩石が道を塞いでいるのが見えた。障害物の登場に、テオドアの護衛ということになっているロウが前へ出る。ロウはデラクレスの言葉に忠実だからか。それなのに殺意を向けるロウの矛盾。テオドアは整合性の取れないロウを興味深そうにジッと見た。

障害物を回避する際、騎士であり帯剣しているロウは、腰に佩いた剣の柄《ヒルト》に右手を添えながら左周りで回避する。万が一にも剣を抜かなければならない事態に陥ったときなどに、スムーズに抜剣するためであろう。

テオドアもロウに倣って左回りで岩石を回避して、再び森をゆく。しばらく無言で歩いていると、ロウがぽつりと話しはじめた。

「調査隊も、夜明け近くに観測している光が本物の星であるなど思っていない。明け方の東の空に見た光を指して、そう呼んでいる。審問官のように、明けの明星と呼ぶ者もいるが、数は少ない」

「……その光、どこから観測できるんです？」

「中央棟の屋上に設置された見張り台。東の森の端に見える」

「なるほど」

　城砦の中央棟は、両脇にそびえ立つ西棟や東棟よりも頭ひとつ高い。森の中で、唯一、樹頭に臨む場所。屋上に設置された見張り台は、深淵の森に鎮座する創世神話以前の旧世界から生き残って来たとされる巨木を超えた高さがある。

「他には？　他にはなにか手がかりになりそうなものは、ないんですか。見えるはずのない光、の意味がわかんないんですけど」

「我々が光を掲げる者と呼んでいる光源は、晴天時ではなく、雨天や嵐の明け方に集中して観測されている」

「そういえば三日前の朝方も、激しい雨が降ってましたね」

「見通しの悪い嵐であっても、白く煙る豪雨であっても、状況などお構いなしだ」

「はは……、そりゃ確かに星じゃない。星だったら見えるはずがないですからね」

　テオドアから乾いた笑みが溢れ出す。光の異名だけで星だと思い込んでしまった失態に対しての笑いが半分。もう半分は、騎士の中に高い教養とユーモアを併せ持つ人物がいることに驚いたから。

　東の彼方で観測した光源を、時間と方角を合わせて明けの明星に関連付けたこと。誰も彼もが興味を持つだろう謎を加えたこと。光源に星の異名を名付けておきながら、雨天時にしか観測できないなんて。その謎があるからこうして、調査活動が今まで継続されてきたのだ。

テオドアは、騎士は皆、筋肉に特化した脳筋集団だとばかり思っていた。その考えを改めなければいけない。

テオドアは、気を引き締める思いで両頬を軽く叩くと、いつの間にか並んで歩いていたロウに尋ねた。

「ロウ副隊長はその光を見たことが？」

「ある。遠目でしか見たことはないが、あの光は人工的な光だ。灯籠《ランタン》か蝋燭の光」

「ああ、なるほど。調査隊の皆さま方は、光を掲げる者なる光源に、魔術士かなにかが潜んでいる、と考えているんですね。だから星じゃなくて、者なのか」

「そうだ」

「おそらく、その読みは当たっていると思いますよ。光源には魔術士が建てた工房――塔があるはずだ。エレミヤ聖典騎士団が城砦を構えている森に、なんて大胆な」

深淵の森は、騎士団の領地に等しい。

暴走した、という条件付きではあるものの、騎士は魔術士の天敵だ。そんな騎士が支配する領地に居を構えるだなんて。あるいは、灯台下暗しを実証したい魔術士か。どちらにせよ、その豪胆さには、同じ魔術士として痺れてしまう。

一方で、騎士であるロウは険しい表情で首を横へ振っていた。

「だが、見つけることができない」

「光源と思しき場所の近くに、迷いの道のような場所はありますか。気づくと同じ場所をぐるぐる回ってしまうような」

「方向感覚が狂って迷いやすい場所はある。現に、この場所がそうだ」

ロウはそう言いながら、獣道の行手を阻むように転がっている苔むした巨石を左に逸れて回避した。深淵の森の東側は思った以上に巨石や倒木が点在し、道を塞いでいる。

テオドアもロウに倣って巨石を回避したところで、ふと立ち止まってニヤリと笑った。

「見つけられますよ、今日は」

なぜ、と眉を寄せるロウに、テオドアが不敵に笑う。

「おれが魔術士だからです」


森を歩き慣れている者でも、油断すれば容易く迷う。

木々が生い茂り、方向感覚が狂いやすいから。草木が生い茂り見えなくなってしまった道、土砂崩れや倒木などで頻繁に変わる地形。目印もなく、太陽や月、星の位置が隠れてしまえば、もう終わり。

森で迷うのは、強力な磁場によって体内に備わっている本能的な方位磁針《コンパス》が狂うから、じゃない。目印がなければ真っ直ぐ歩くことができない、という人間の生き物としての習性が知らず知らずのうちに表出するから。

騎士団が拠点を構える深淵の森。その淵に居を構える大胆不敵な魔術士。そして、彼もしくは彼女が根城としているであろう魔術士の塔《工房》。そこへ辿り着くために、今はテオドアが先頭となって歩いている。

魔術のことは、魔術士に。単純な役割分担だ。

しばらく歩いたテオドアは、いくつ目かの障害物と巡り合った。今度の障害物は倒木で、左側には荊が生い茂り、右側には無数の倒木が折り重なっている。

それを見たテオドアは、なるほど、と感心した。

「犯人――と呼ぶのが適切かはわかりませんけど、犯人はかなり巧妙で人間の心理や行動特性に詳しくみえる。……となると」

テオドアは白灰色の長衣の裾をたくし上げ、倒木の右側へ歩みを進めた。

いざ行かん。明日は筋肉痛、間違いなしだ。覚悟を決めたテオドアを止めたのは、ロウだった。

「審問官、そちらは行き止まりだ。先へは進めない」

ロウは右利きの人間の習性通り、倒木の左側を指さして言った。

テオドアはロウの発言を否定するように首を横へ振る。そうしてロウの右腕に触れ、その腕を下ろさせると、

「言ったでしょ。今日は見つけられる、って」

と。そう告げて、構わず倒木をよじ登りはじめた。

人間は、目を瞑ったときや目印がない環境では、真っ直ぐ歩いているつもりでも円を描くようにぐるぐると同じところを回るようにして歩く行動特性をもつ。加えて、進路方向

に障害物があるとき、右利きの人間の多くは左へ逸れて回避しようとする。

「聞き齧った知識で恐縮ですが、騎士の皆さんは小姓《ペイジ》の頃から右利きになるよう矯正されるんですよね。陣形を組んだ際に、揃えられるように」

テオドアは、長衣の裾を踏んで足を取られてしまわぬよう慎重になりながら、倒木の天辺《てっぺん》まで辿り着いた。そうして、地上でテオドアを見上げたままのロウに聞く。

「つまり騎士は、右利きだ」

テオドアを訝しそうに見つめるロウは、いまだに倒木群を越えようとせずに立ったまま、動かない。

「ああ。従騎士《エクスワイヤ》に昇級する条件の中にも、右利きであることが含まれている」

テオドアは、ロウの答えに満足そうに頷くと、蔦が這う倒木の上にしゃがみ込んだ。

「調査隊の方々が光を掲げる者――魔術士の塔を見つけられなかったのは、そこですよ。左利きの騎士はいない。少なくとも、右腰に剣を佩いて左手で剣を抜く騎士はいない。そうなると、どうなるか。先ほどのロウ副隊長の進路と発言が答えです」

日常的に帯剣している騎士は、利き手であり稼働範囲の大きな右側に空間《スペース》を取ろうという心理が働きやすい。だから無意識のうちに右側を空けるため、左へ逸れるのだ。

ロウも、行く道に障害物として巨石や岩石群が現れるたびに、左側へ向かって歩き、障害物を避けていた。

まっすぐ進んでいると思っていても、ここは視界も悪く似たような景色が広がる森だ。

左へ左へと回避した結果、直進しているはずなのに少しずつ左へ逸れてゆく。ついには同じ場所をぐるぐる回ってしまう羽目になり、目的地には辿り着けない、ということ。

　けれどテオドアの主張は、ロウに受け入れられることはなかった。

「そんな馬鹿なことがあるか」

「あります。現にほら――ロウ副隊長は倒木を避けるために、左側を抜けることを選んでる。気づいてます？　この前も、その前も。ずっと左側を通っていましたよ」

「左側を抜けただけで、進路が逸れるわけがない」

「逸れますよ。少しずつ逸れているんです。城砦からまっすぐ東に向かって歩いていると思っているでしょ。でも、逸れてますからね」

　テオドアは胸元から懐中時計を取り出した。今いる場所は、城砦からおよそ四キロメートル。いまだ封印石の影響下にある。波を形成して位置を把握する音響測位《エコー》の魔術式は使えない。

　懐中時計を開いたテオドアは、木々の隙間から辛うじて覗く太陽に時計の短針を合わせて方位を探る。文字盤に刻まれた十二時と短針の真ん中が、ちょうど南だ。今は午前中だから、文字盤の左側が南を指す。

　南がわかれば、東もわかる。

　木々から辛うじて覗く城砦の中央棟。見張り台を目印にして、現在位置と方位を照らし合わせると。

「ロウ副隊長も騎士なら、時計を使った方位の確認方法を叩き込まれているんじゃないですか？　見てください、ここは城砦から真東じゃない。南東に逸れている」

テオドアはそういう言って、ロウに懐中時計を放り投げた。時計を受け取ったロウが、テオドアと同じように方位を確認する。

「どうです、認めますか？」

「……審問官の主張を認めよう」

渋々ではあるものの納得した途端、ロウは膝を折り曲げて力を溜めた。そうして、山のように重なった倒木の天辺まで一足飛びに駆け上がる。ロウは、ほとんど音もなくテオドアの隣まで移動した。

恐ろしいまでの身体能力。これが騎士か。

テオドアは、魔術士の天敵である騎士を畏れ、震えた。震えながら虚勢を張って、ニコリと笑いながら立ち上がる。

「わかっていただけたようで、なによりです。とはいえ、今みたいに陽が昇りきって周りの景色を見渡せる状況なら、少しは話も違ってくると思いますけど」

「調査隊は明け方の薄暗闇の中で捜索していた」

「見通しの悪い時間なら、仕方がない。無意識のうちに左へ逸れてしまったんですね。魔術士の塔に辿り着けないのも無理はないかと」

慎重に倒木の山を降りたところで、ふと、テオドアの胸がざわついた。濁った魔力の塊が、近づいて来るような。

嫌な予感がする。

倒木の壁のこちらと向こうで、急に空気が変わったかのような。

ああ、嫌な予感がする。

テオドアは、辺りを警戒しながら鼻を啜った。土と草と湿気と菌の混ざり合った森の匂い。その中に、腐ったような、生臭いような、鼻を衝く強烈な獣の臭いが混じっている。

あ、と思ったときには、もう動けなかった。

体長は如何ほどか。四つ足の〈獣〉は犬か狼に近い形相をし、顎を上げて見上げるほどの体高で、背には硬い剣板が尾骨の先まで生え揃っている。大きく開かれた口蓋からは、人の腕ほどの太さの犬歯が覗いていて、ぬらぬらと光る唾液が糸を引いて滴っていた。

「当たり《ビンゴ》ですね。うわ、まるで番犬みたいじゃないですか」

テオドアは恐怖を紛らわせるために、軽薄な言葉を無理矢理吐き出した。それは比喩でもなんでもなくて、番犬であることを示す首輪が剛毛の隙間から覗いていたから。

目を逸らしたら、襲われる。そんな思いに囚われて、背中がじとりと汗で濡れる。

殺られる前に、殺るしかない。野生なら力を示せば逃げるだろうが、番犬ならば噛みつかれたら最後。どちらかが死ぬまで諦めてくれないだろう。

ゴクリと唾を飲み込んで、無意識のうちに攻撃的な魔術式を編みはじめたテオドアは、けれどすぐにロウに止められた。

「魔術は使うな。俺がやる」

「はぁ!?　無茶言うなよ、そんなの無理だ！」

焦っているのはテオドアだけで、ロウだけがひとり冷静だった。

ロウが、草木を踏み締める音も立てずに折り重なった倒木から降り立って、テオドアと〈獣〉との間に立ち塞がる。そうして振り返らずにテオドアに問うた。

「この森には今、なにがいる？」

「なにって、目の前の〈獣〉以外になにが……第二部隊？」

「そうだ」

「なるほど、理解しました。派手な魔術を使えば、第二部隊が飛んでくる」

「そうだ。第二部隊は皆、頭のネジが一本飛んでいる」

それはつまり、魔術士《テオドア》にとっての死だ。

騎士に魔術士を殺せる口実を与えてはいけない。彼らはいつでも、魔術士を殺める理由を欲しているから。

創世の魔女の祝福で、命あるものは皆、魔力を持って生まれてくる。けれどその量や質まで保証されるわけじゃない。魔力が少なければ身分を問わず迫害されるし、まともな職にもありつけない。

魔力が乏しい弱者が、なぜ庇護されずに迫害されてしまうのか。

それは、生まれ持った魔力量が少なければ少ないほど凶暴性が高くなる、という根も葉もない噂が世界中に蔓延っているから。完全に証明されたわけじゃなく、根拠もない。けれど噂とはそういうもの。一度根付いたら解消することは難しい。

生い立ちからくる劣等感《コンプレックス》と、根拠のない差別と迫害。生まれた時点で不遇の運命を押しつけられた者が、その不運な運命をひっくり返し、魔力主義の世界へ刃を向ける力を得たのなら？　――復讐に取り憑かれる騎士があらわれてもおかしくはない。

実際、魔力主義の象徴たる魔術士を何人も殺害したことで捕らえられた連続殺人犯《シリアルキラー》は、引退した騎士だった。騎士団にいた頃は、頭のネジが飛んでいる狂人として有名だったらしい。

「最悪だ……」

テオドアは、顔を引き攣らせながら深く深く息を吐いた。自分の身にも覚えがあるから。

魔塔時代にとある街で、酔って気が大きくなったテオドアと友人が理性の箍《たが》を外して住民たちに多大なる迷惑をかけたとき。たまたま遠征していた騎士と出くわして、粛清されそうになったことがある。

あの騎士は、騎士の中でもまともな部類に入る者だったけれど、テオドアや友人の言い分を聞かずに問答無用で剣を振るってきた。魔術士を手にかける口実を得た、と暗い悦びに満ちた笑みを浮かべて。

「最悪すぎる」

危ない橋を渡る手前で引き返せてよかった。あの夜の二の舞になるのは御免だ。まともな騎士でも魔術士を殺せる口実があれば嬉々とするのに、頭のネジが一本飛んでいる、という第二部隊を相手にするなど、とんでもない。

冷静さを取り戻したテオドアは、途中まで編んでいた魔術式を解除した。それまでバチバチと弾けて展開されていた式がふわりと霧散して、空中に溶けて消える。

とはいえ、テオドアは魔術士である。

納得しているとはいえ魔術を封じられたも同然のテオドアは、それでもなお抗おうと、長衣のポケットを探った。中に入っているものを指先だけで感じ取る。

東棟の鍵束、携行食を包んでいた油紙、魔力出力調整用の宝珠《オーブ》、幸運の銀貨、招福用の護符《タリスマン》。それから、デラクレスから預かった一通の手紙。

腰にはなにか下げていなかったか、と手を這わせてみても、なにもない。吊り下げ式の小鞄《バッグ》もない。遅めの朝食を取るために、東棟をふらりと出てきただけだから、装備らしい装備はなにもない。短剣《ナイフ》のひとつも持っていない自分の愚かさに、テオドアは歯噛みした。

焦るテオドアに、ロウが冷めた視線を送りながら、剣の柄《ヒルト》に手を掛ける。

「隊長が俺に与えた命令は、あんたの護衛だ」

「そうかもしれないですけど、〈獣〉ですよ。それも首輪つきの。アレは群れを作って狩りをする種類《タイプ》のヤツじゃないですか！」

あの〈獣〉がひと啼きでもすれば、森のあちらこちらから群れが大挙して押し寄せてくるだろう。テオドアは、こんなところで死にたくなかった。

〈獣〉に喰われたくもないし、だからといって魔術を使い、頭のネジが外れているらしい第二部隊に粛清されたくもない。

魔術を使えばあんな〈獣〉、一瞬で蒸発させることなど造作もないのに。ままならない状況にテオドアが歯噛みしていると、

「審問官。俺が隊長の命令を違えるとでも？」

ロウは言うが早いか、腰に佩いた剣を抜き、牙を剥き出しにして唸る〈獣〉に向かって構えた。その顔に焦りはなく、微かな緊張感だけが滲んでいる。

呼吸をひとつ、ふたつ。みっつ目で動いたのは、〈獣〉だった。

ロウが誘うように見せた隙に飛びついた〈獣〉が、天を衝くような大音声で吠え猛り、突進してくる。剣を構えるロウは動かない。背後に倒木、そしてテオドアがいるから。

「咆ッ！」

害意ある牙がロウを襲う。後退できないのであれば、前進するのみ。ロウは怯まず踏み込んで、両手で握った剣を振るう。斬りつけられて、ぎゃん、と啼いた〈獣〉の巨体を、その長い脚で蹴り飛ばした。

巨木に打ち付けられた〈獣〉を追って、ロウが駆ける。とどめを刺すつもりだろう。一瞬にして、狩るものから狩られるものに成り下がった〈獣〉が、怯えたようにひと啼きして森の奥へと逃げてゆく。

尻尾を巻いて逃げる〈獣〉の姿に、ホッとしたのはテオドアだけだった。

狩人と化したロウが、〈獣〉を追って駆け出したのだ。騎士に深追いは禁物という方針《ポリシー》は存在しないのか。テオドアは、遠ざかってゆくロウの背中に戸惑いを覚えた。けれどそれは、刹那だけ。

このまま置いていかれたら、まずい。テオドアの直感が、そう告げていた。

魔術士がひとり森を彷徨っているところを、第二部隊の騎士に見つかってしまったら。常識が通じない騎士相手に、状況説明などできるのか。言葉を重ねたところで笑えない状況になるだろうことは、火を見るよりも明らかだ。

だからすぐさま駆け出して、ロウの後を追う。

剪定されるはずもない落葉樹の枝葉が、駆けるテオドアの頬に当たる。ロウを見失わないよう、枝を腕で払い除けながら追った。

前方からは〈獣〉の悲鳴だけが聞こえてくる。ロウは音もなく静かに剣を振るっているのか。テオドアに死を覚悟させた琥珀色の目を思い出す。〈獣〉に同情などしない。けれど、ロウの視線の鋭さを知っているから。途端に背筋が、ぶるりと震える。

そうして幾らか駆けたところで、テオドアは開けた場所に出た。封印石の影響下から、ギリギリ脱したところだろうか。剣を振り回すのにも、魔術を行使するのにも、獲物を誘い込んで仲間とともに狩りをするのにも、ちょうどよさそうな広さ。

なかなか賢い獣じゃないか。やはりただの〈獣〉ではなく、隠された道を守護する番犬なのか。テオドアの顔から余裕が失せて、頬がひくりと引き攣った。

目の前に見えるのは、静かに剣を構えるロウの背中。その向こうには、無数の〈獣〉。ギラついた赤い目、鋭い爪、地を這うような唸り声。

気づけば退路は断たれていた。〈獣〉の群れがテオドアとロウを取り囲んでいる。

「どうすんですか。まだ死にたくないんですけど！」

「審問官を殺すようなヘマはしない」

「そりゃ頼もしい。それはそれとして、魔術、使いますけどいいですよね」

「〈獣〉の群れだけならまだしも、第二部隊が加わった後の命の保証はできない。審問官はそこで見ていろ。これより殲滅する」

「……は？　殲滅？」

短く聞き直したテオドアを、ロウが振り返ってチラリと見た。その勇ましい姿が、ふ、と掻き消える。

そこから先は、嵐か暴虐だった。

断末魔の声を上げる暇もなく、青い血飛沫を上げて地に伏してゆく〈獣〉たち。テオドアだけが息をしていて、生きながらえているかのよう。けれど、〈獣〉に向けられたロウの殺気の余波に、どうしようもなく足が震える。

ロウが、〈獣〉だけならどうとでもなる。と、言ってのけただけのことはある。ものの数分で、テオドアたちを取り囲んでいた〈獣〉は、片手で数えられるほどに減っていた。

「これが、騎士……」

思わず感嘆の声が漏れる。それがいけなかったのか。最後に残った一匹がロウの警戒網の外から飛び出して頭上を飛び越え、テオドアに肉薄する。

「チッ！」

焦ったロウの声が、獣越しにテオドアの鼓膜を震わせた。同時にテオドアは、自分の呼吸音と心臓の音しか認識できなくなる。魔術を使ったわけでもないのに、襲い来る〈獣〉や、視界の端で狼狽するロウの動きが、やけにゆっくり見えている。

極度な集中状態によって時間精度が高まったのか。あるいは、走馬灯のようなものなのか。危機的状況にもかかわらず、回転を止めることのない頭。まるで他人事のように感じながら、テオドアは〈獣〉の口が大きく開くのを見た。

あ、死んだ。

と、今日のうちに何度感じただろうか。テオドアは目を瞑ることなく見開いた。死を受け止める覚悟もなく、余裕だけが宙に浮いたまま〈獣〉の口蓋と牙とを見つめた。獣の背後でテオドアを見つめる琥珀色の目が、大きく見開かれている。

あの、無感動な目を、少しは揺らせてやった。

テオドアが妙な優越感を抱いてニヤリと笑う。長衣のポケットに無造作に押し込めてあった護符《タリスマン》が、突如輝き出したから。

招福用のそれは魔除け《アミュレット》とは違い、幸運をもたらすお守りでしかない。ないのだけれど、テオドアが持っていた護符は、上司が気まぐれで魔術式を込めたお守りである。

上司の名は、ジルド・クレバス。『個人要塞』と渾名《あだな》される防護系魔術の大家《たいか》であった。

そんな魔術士が魔術式を込めた護符が危機に面したとき、どうなるか。

「防壁展開」

テオドアの声は冷静だった。震えることも裏返ることもなく、まっすぐ放たれた言葉が、護符の発動キーとなる。護符を中心に半径一メートル。強固に張られた防護壁《バリアー》が、〈獣〉の犬歯を受け止める。

防護壁に食い込んだ牙には即座に拘束術式が絡みつき、〈獣〉は自由を奪われた。混乱した〈獣〉は涎《よだれ》を撒き散らしながら、甲高い声で啼いている。

「ロウ副隊長、とどめを」

間髪入れずにロウが剣を振るった。

上段に構えた剣を目にも留まらぬ速さで振り下ろす。捌いた剣の軌跡は見えなかった。ふわり、とそよぐ風を頬に感じたすぐ後に、真っ二つに断ち斬られた獣が、どう、と崩れ落ちる姿が見えただけ。

生きている。また、生き残ったのだ。

テオドアは、今更ながらにばくばくと激しく脈打つ左胸を押さえて長い長い息を吐いた。

そんなテオドアに、青い顔をしたロウが駆け寄って来る。

「審問官、生きているか」

「大丈夫、生きてますよ」

今度はなにを引き換えにして生き残ったのか。テオドアは嫌な予感がして、すぐさまポケットに手を突っ込んだ。ゴソゴソと探って、指先でいくつかの存在を感じ取る。東棟の鍵束、携行食を包んでいた油紙、魔力出力調整用の宝珠《オーブ》、幸運の銀貨、砕けた招福用の護符《タリスマン》。

そして。

「……あー、やっちまいましたね」

護符が発動した際に犠牲になったのは、同じポケットに押し込めていた一通の手紙。デラクレスから預かった手紙は、無惨にも敗れて散り散りになっていた。

静寂がそよいでいる。

ひらけた大地に広がる青い血溜まり、死屍累々と山を成す〈獣〉たちの死骸。首輪には、魔術士連盟の紋章が刻まれている。錆びて腐敗した銅の臭いが風に乗って、テオドアの鼻腔の奥を刺激した。

四散した手紙の残骸をポケットの外側からそっと撫でる。と、テオドアの視線が無意識に下がった。伏せた目で足元を見ると、ひとつの影が落ちていた。

陰る視界に目を細め、テオドアが顔を上げた先には、ロウが静かに佇む姿。ロウは鞘に剣を収め、揺らぎのない琥珀色の目でテオドアを見ている。まじまじと見つめるような無粋な視線が、テオドアの罪悪感を刺激する。

「……なんですか」

「隊長に殺されずにすむな、と思っただけだ」

「そんな大袈裟な」

一笑に付したテオドアは、けれどロウの凪いだ目に真剣さを感じ取って、すぐに黙った。

まさか、本当なのか。本当で、本気なのか。

 デラクレスはロウを任務達成率一〇〇パーセントの優秀な部下だ、と言っていたけれど、もしや第三部隊では、任務未達成の騎士を粛清排除していたりするのか。と、テオドアが訝しんでいると、ロウが淡々と話しはじめた。その目は茶化しようもないほど座っていて、真剣そのものである。

「隊長はやる。遂行できない命令はしない。命令を遂行できなかったということは、第三部隊には不要な人材、ひいては騎士団には不要。騎士団に居場所のない騎士は、団の外では生きていけない」

「マジかよ。……任務不達成なら粛清される？　うわ、強烈な洗脳《教育》ですね」

「俺はまだ死ぬわけにはいかない。隊長を殺すまでは」

それを聞いて、ロウがデラクレスに向けた殺意が本心から湧き出たものであったのだ、とテオドアは悟った。

部下が上司の支配から逃れるために下剋上を起こすのは、別に珍しいことじゃない。けれど、である。騎士は上下関係が絶対だ。自由になりたいから、といって下剋上を許すような組織じゃない。さらに審問官であるテオドアは、本来ならばロウを嗜める言葉を持っていなければならない。

　ロウとデラクレスの間に横たわる問題をややこしくしているのは、デラクレスの態度だろう。剣を向けられることを許容し、野外演習だなんて言ってロウを庇う。だけれど、当人たちの間で了解が得られているならば、口を挟むべきではないのでは。いや、しかし。

　テオドアはしばし考え抜いたのち、ロウが漏らした物騒な話を聞かなかったことにして周囲を見渡した。

　高くそびえ立つひとつの塔。直線的に天を衝く。塔の壁はつるりとしていて繋ぎ目がなく、円柱形ではなく角柱形だ。現代では滅多にお目にかかることなどできない失われた技術《ロストテクノロジー》をふんだんに使った建造物。

「……遺跡だ」

　魔術士としてのテオドアが、ぶるりと震える。

　創世神話時代以前に存在したという旧世界の残骸だ。創世神話時代に魔術革新が起こってから、失われてしまった古代技術。これほど状態がよく、現役で使われている建築物は、テオドアもはじめて見た。

　テオドアが音響即位《エコー》の効果がある魔術式を編んで展開する。魔術的に放たれた波が深淵の森を駆け抜ける。返ってきた反応を読み取り解析して、この塔が騎士団の城砦の真東に位置することがわかった。

「ロウ副隊長。調査隊が探していて辿り着けなかった塔は、ここですよ」

テオドアが塔の入り口に近づいてゆく。扉は朽ちたか砕けたか。暗い闇がぽかりと口を開いている。

「審問官、不用意に近づくな」

「大丈夫ですよ、この塔は無人です」

見上げた塔には、最上階に小さな窓がひとつだけ。光を掲げる者《ルキフェル》の名にふさわしい。もしも明け方、この塔に光が灯っていれば、城砦の見張り台からは、東の彼方で輝く明星のように見えるだろう。

「この塔を『光を掲げる者』と呼び出した騎士は、余程教養のある騎士だったんですね。創世神話以前の旧世界で使われていた古い言葉だ」

なぜ、明け方にしか塔に光が灯らないのか。という謎は残っているけれど、塔の内部を確認すれば自ずと答えが出るだろう。

「遺跡を根城にするとは、なんとも魔術士らしいやり口ですね。結界までかけて、中央棟の見張り台からも隠している」

「結界?」

「外界からの観測を妨害する結界ですよ。これじゃあ、外からは見えない。でも……この塔の光が観測できていたってことは、内側からの光は結界の防衛対象には含まれないのか。へぇ、興味深い。こんな遺跡を工房にするなんて、正直、羨ましい」

テオドアは、心底羨ましい、と滲みでる感情のまま顔を顰めると、気負いもせずに塔の中へと入っていった。その後を、抜剣したロウが慎重な足取りでついてゆく。

塔は遺跡なだけあって、灯籠《ランタン》のような光を灯す魔具はひとつもなかった。

テオドアは照明光《ライティング》の魔術式を構築展開し、辺りを照らしながら最上階を目指す。なにか目ぼしいものがあるとすれば、窓のある最上階だ。テオドアはロウとともに上へと続く階段をひたすら登る。

埃っぽい空気、湿ってカビた臭い。足を踏み入れずに一瞥した階は、白い埃が分厚い層を作っていた。けれど階段の埃は、テオドアが想像していた通り少ない。段板や踊り場の隅に埃の塊があるものの、手摺《てす》りに積もっているべき埃がない。

確実に、この塔を利用している人間がいる。

人が出入りしている形跡のある階は、二十三階まで登って、ひとつもなし。そうしてまたひとつ階を登ると、最上階は壁を取り払ったワンフロア式の部屋だった。

薄暗い部屋に差し込む魔術光が浮き上がらせたのは、木張りされた壁や床。壁際に並ぶガラス製の実験器具、ガラス棚に保管された魔草や鉱石、それから液体。無造作に積まれた魔導書に、いくつかの羽根ペンとインク瓶、魔術式の研究内容を記した紙束。そして、天井からぶら下がる大型灯籠。

「あの灯籠が、光を掲げる者。この塔の光源です」

「どうやって灯りを？」

この部屋に、灯籠を起動させるような仕掛けはない。けれど、ここは魔術士が根城にしている塔である。灯りをつけるなら、魔術的な仕掛けが必要なはず。

ロウの疑問に答えるように、テオドアは辺りを照らすために展開していた照明光を灯籠に向かって飛ばした。飛ばされた光は灯籠と交わって、最上階の部屋全域を明るく照らす。

「魔術とは便利なものだな」

「おれからすれば、生活に必要な魔術を放棄して、創世神話以前の原始的な生活を好きこのんでする騎士がありえないんですよ」

「我々は、そうあらねば生きていけなかった者の集まりだ」

ロウが淡々と吐きだした言葉に、テオドアはなにも言い返せなかった。

騎士は、生きとし生けるものすべてに等しく与えられた魔力を、外側へ放出するのではなく、内側で循環させて爆発的な力に変えて生きている。その代償とでもいうかのように、騎士は生活に必要な魔術や魔具を使えない。

不便な生活を強いられてまで、なぜ、騎士になろうとする者があらわれるのか。

なぜなら、分配される魔力は平等じゃないから。テオドアのように、湧き出る泉の如く無限に近しい魔力を持つ者もいれば、指先に小さな火を灯せる程度の小さな魔力しか授からない者もいる。

そういう、魔力が乏しい不遇な状況に置かれた者が、騎士となる。

騎士となれば、潜在的な魔力量によらずに力を得ることができるから。研鑽を積み、魔力を絞れば絞るほど、騎士の力は上がってゆく。魔術の影響を受け難い肉体を手に入れる。

そして、騎士の序列は実力主義だ。少なくとも、表向きは。

出自が平民であろうと、貴族であろうと関係ない。人生における一発逆転を狙って騎士になる者も少なくない。騎士団の中にさえいれば、生活だって保障される。

魔力主義のこの世界では、魔力の量が生きやすさに直結するから。

魔力が多くなければまともな職にも就けず、生きることもままならない。貧民街《スラム》で野垂れ死ぬか、悪党になるよりほかにない。

ロウが言うように、騎士という生き物は、そうあらねば魔力主義のこの世界で生きることを許されなかった者の集まりだ。

少数派で、魔術士にとっては異端の存在。

そして、一人で百人の魔術士を屠る力を持っている騎士を、魔術士は恐れた。

その恐れは、どうなったか。

エレミヤ聖典騎士団が成立するより以前。生き方や在り方が異なるだけの騎士を殲滅するために、かつては騎士狩りと称して、エルゴルビナ大陸の七割が灼けるほどの掃討戦が行われた。

辛うじて生き残った当時の騎士は、魔術士の中でも穏健派であり、創世の魔女の名を冠したエレミヤ聖典教会と結びつき、聖典教会の庇護を受けてエレミヤ聖典騎士団となった。

魔女の名の下に、暴走した魔術士から命あるものを守る安全保障機関として。

テオドアは魔塔時代に学んだエルゴルビナ大陸の凄惨な歴史を思い出し、

「失礼。今のは失言でした。……とりあえず、この部屋を探索しませんか」

と、ロウの琥珀色の視線から逃げるように背を向けた。そうして、魔草や鉱石などが保管されたガラス棚に近づいてゆく。

乾燥させた止血草、解毒の効果があるいくつかの魔草。どんな効能があるのか不明な液体が入った大小様々な瓶。その他に、色とりどりの鉱石が無造作に置かれている。縞瑪瑙《しまめのう》、紅玉、翡翠、そして紫水晶。魔術で切断したのか、美しい鏡面のような断面を見せる鉱石が、灯籠の光を反射してキラキラと輝いていた。

そのほとんどが、子供の遊びのような魔術実験をするための素材だ。

遺跡に居を構えておきながら、一体、この違和感はなんだ。

魔術士の子供の遊びに使う素材、けれど遺跡には騎士団の目から逃れるように結界が張られていた。遺跡の周囲には番犬がいて、この塔を守っていた。

まるで、なにか重要なものを隠すかのように。騎士ならば、この部屋を捜索しても見落とすような、なにかを。

背中にじとりと汗が滲み、嫌な予感が胸を焦がす。テオドアは、躊躇いながらもガラス棚に手をかけて、扉を開いた。

埃の匂いに慣れきったテオドアの鼻奥をくすぐったのは、微かに香る甘い匂い。

大瓶や中瓶に交じって、無色の液体や黄緑色の液体が入った小瓶がいくつかあった。小瓶《アンプル》に封じられたもの、蓋つきのもの、空のもの。紙片《ラベル》があるもの、ないもの。

最近、小瓶が持ち出されたようで、堆積した埃の中に小さな丸型の黒い跡がひとつ、ふたつと複数棚に残されている。持ち出されたのは無色の液体か、それとも黄緑色の液体か。

おや、とテオドアが思うや否や、ポケットの中で砕けた護符の欠片が、テオドアに警戒を促すように一瞬だけ強く光を発した。

棚に置かれた無色の液体が入った瓶をよく見れば、魔術士にとって致命的な毒物の名前が記載された紙片が巻き付けてあったから。

「あー……これはヤバいですね」

テオドアは、即座に防護魔術式《シールド》を展開し、匂いを発する小瓶から距離を取る。同時に、解毒《デトックス》作用をもたらす魔術式を並行展開した。

無色の液体で、微かな甘い匂い。上司作の護符が反応するような危険な毒物。シアン化合物か、ベンゼンか。毒物に魔術を掛け合わせた合成毒かもしれない。テオドアは険しい顔で、解析魔術《アナライズ》の式を重ねて編む。

「どうした」

異変に気づいたロウが、テオドアを見ている。相変わらず感情の薄い琥珀色に眉を顰めたテオドアは、解析魔術で得た結果を叫んだ。

「ネルウス魔障水銀です。ソレ、回収してください。おれがソレに近づくと、ヤバい！」

テオドアの叫びを受けたロウは、疑問も挟まず、テオドアの言葉を忠実に実行する。小瓶より二回り大きな空瓶を探して持ち出し、無色の液体であるネルウス魔障水銀が入った小瓶をすべて空瓶に入れて密閉したのだ。密封した瓶は、テオドアが封印魔術式を使って厳重に閉じてしまった。

ネルウス魔障水銀は、魔障汚染された水銀だ。皮膚吸収だけでなく、魔力を伝っても体内に染み込む。魔力炉と中枢神経に作用するよう手を加えられた強力な神経毒。上位階梯の魔術士でなければ、防護魔術《シールド》を使用していても被曝は免れない。

わずかに甘い香りを持つ無色の液体で、暴露後、速やかに痺れや呼吸困難などの中毒症状が現れる。致死量は経口でわずか三ミリリットル。経皮なら十六ミリリットルで死に至る。魔術士殺しの毒物だ。

テオドアの心中は穏やかではない。咄嗟に展開した防護《シールド》と解毒《デトックス》が効いていますように、と創世の魔女に祈りを捧げて長衣の袖で口元を覆った。

「絶対に蓋を開けないでください。開けたらおれは死ぬ。あんたは任務を達成できない。どちらも不幸にしかなりませんよ」

「審問官、この毒物は騎士にも有効か？」

「ネルウス魔障水銀は騎士にも有効ですよ。騎士相手では、即効性と致死性は損なわれるでしょうけど、中枢神経に作用する毒です。動きを鈍らせるには最適ですね」

そんなものを回収せよ、とロウに指示したテオドアは、自分の無配慮さや無情さに今、ここで、はじめて気がついた。

ひとは皆、創世の魔女の祝福を受けて生まれてくる。

それは騎士であっても例外はないのに。

テオドアは、騎士の身体が魔術の影響を受け難いことを理解していても、無言で防護《シールド》と解毒《デトックス》の魔術式を構成し、ロウに向かって展開した。

「……念の為、防護と解毒の効果がある魔術式を展開しました。直接、液体に触れなければ問題はありませんから」

「そうか」

「ロウ副隊長、ソレは魔術士には扱いきれない。騎士団の衛生局にでも持っていって、処分してもらってください」

「わかった」

少しも責めようとしないロウに、テオドアの頬が紅潮してゆく。

「……他にも危険なものがないか探します」

気まずさを覚えたテオドアがロウから視線を逸らし、他にも危険物がないか探索を再開する。

ガラス製の実験器具は空っぽで、怪しい物は入っていない。山積みされた魔導書は、どれも下位階梯の魔術士や、成人前の子供が習得するような簡単な内容だった。羽ペンとインク瓶、残されていた黄緑色の液体には解析《アナライズ》をかけて、無害であることを確かめる。

ガラス棚に残された黄緑色の液体は、一時的に魔力を爆発的に増加させる増強剤で、かつては魔力が少ない者に重宝されていたものの、今では禁止薬の扱いだ。常用者の魔力炉が焼けきって、二度と魔力が使えない身体になって朽ちてしまうことが、魔塔の調査機関によって証明されたから。

「碌なものがないな、この工房。まともな魔術士ってわけじゃなさそうだ」

最後に残ったのは、魔術式の研究内容を記した紙束だ。テオドアは上から二、三枚をまとめて手に取り、その内容を流し読みする。

一枚目は、昇降《リフト》魔術式についてのメモだった。このメモの持ち主も、毎回二十四階まで登山するのは辛いと思ったに違いない。メモに書かれた魔術式は最後の式を間違えていて、三重線で取り消されている。

二枚目も魔術式のメモで、姿眩ましや視界改竄の魔術式について書かれていた。二つの魔術式は専門的な知識と魔術的な技術が必要で、中位魔術に属する。非常に洗練されて無駄のない魔術式。けれど。

「これは魔塔方式の魔術式じゃない。連盟方式だ」

テオドアはそう呟いて、眉を顰めた。

連盟とは、魔術士連盟の略称だ。魔塔に属さない魔術士たちで作った互助会のような組織である。連盟は、魔術を使えるものならば、誰であっても等しく手を差し伸べる、という趣旨で結成された機関だ。

誰であっても、ということは、どのような目的があっても構わない、ということ。連盟は犯罪の境界を歩く魔術士をも擁し、危険《グレー》な仕事も請け負うことがあるらしい。

もし、この遺跡を工房にしている魔術士が、連盟の息がかかっている者ならば。すでに連盟の印がついた首輪をした番犬に、禁止されている増強剤が出てきている。遺跡の結界だって、連盟の仕業だろうか。

少し厄介なことになるかもしれない、と。テオドアは奥歯を噛んで気を引き締めた。そうして次に三枚目を見て、テオドアは頬を思い切り引き攣らせる。

「うわ。これは酷い」

衝動のまま書き殴っただろうその内容は、第三部隊隊長デラクレスへの、強い強い執着と拘りだ。

『どうしてデラクレス隊長の信頼を得られない。

実力的にも血筋的にも自分こそが隊長にふさわしい人間であるはずなのに、どうして隊長は自分を選ばない。

愛している愛している愛している。彼の剣技を愛している。彼の戦術を愛している。彼の神々しさを愛している。

愛しているのに認めてもらえないのなら。どうすればいい？

殺してしまえばいいのだろうか。殺して、その存在を永遠のものにしてしまえば、自分だけのものになるのだろうか。

ああ、それはいい考えだ。驚愕で見開かれる隊長の目を想像しただけで、もう、たまらない。ああ、愛している愛している――』

メモの最後には、Ｌのサイン。執着心を吐き出すように綴った人間の頭文字《イニシャル》だろうか。Ｌから綴られる名前を持つ人間が数人、テオドアの脳裏に浮かび上がる。いつの間にかテオドアの隣で三枚目のメモを覗き込み、険しい表情を浮かべているロウも、Ｌからはじまる名前だ。

テオドアは、デラクレスに剣を向けていたロウの姿を思い出す。彼は確かに、デラクレスに殺意を向けていた。

ネルウス魔障水銀の小瓶を預けたのは、性急すぎたかもしれない。テオドアの口から無意識にぽつりと言葉が漏れる。

「あんた、デラクレス卿を殺したいんですか」

それは疑問ではなく、確認だった。

「俺が殺す。そう願われたから」

即答された意志の強さに、テオドアは眩暈がする思いだった。

城砦の東棟に帰ったら、Ｌではじまる名前の騎士をリストアップしなければ。デラクレスの生命を狙う人間が、少なくとも二人。もしかしたら、それ以上にいるかもしれないから。

事案の発生を未然に防ぐために奔走し、当事者になり得る者に話を聞く。それは審問官の仕事じゃない。審問官の仕事は、揉め事や事件の当事者たちの意見や考えを述べる機会を与えるだけ。異議申し立てをするきっかけを奪わないために。

他人に簡単に話せないような思いを抱えて生きてゆくのは、辛い。テオドアだって過去、抱えていた思いを誰かに話せていたら、道を誤らずにすんだかもしれないのだから。

テオドアがロウをしっかり真正面から見据えた。

揺らぎのない琥珀色の目、夜を思わせる藍色がかった黒い髪。漆黒の隊服を着こなし、背筋を伸ばして胸を張る。一見、隙なく見える姿でも、誰もが抱える不安はある。

テオドアは、その不安を利用することにした。意味を限定さえしなければ誰にでも当てはまる言葉で、ロウの警戒心を解いて信用を得る。テオドアはまだ諦めていない。ロウがデラクレスへ向ける矛盾した感情の解明を。

できるのか。いや、やるしかない。それが仕事だ。

柄にもなく手のひらがじとりと汗ばんでいる。テオドアは声が上擦らないよう慎重に喉を震わせた。

「自信があるように見えるのに、あんたの胸の内は不安でいっぱいだ」

ロウが、ハッと息を呑む音が聞こえた。向けられた視線が当惑で揺れている。頑丈な盾のように頑ななロウの心を震わせることができたのか。

けれど、浮かれるにはまだ早い。テオドアはさらに言葉を積み重ねてゆく。

「なにがそんなに怖いんです。失うことですか。だから、デラクレス卿の手紙が気になるんですか。郵便集荷を阻止したくなるほどに？」

琥珀色の双眸がカッと見開いて、ロウはそのまま固まった。当たり《ビンゴ》だ。テオドアは心の中だけで拳を握り、表面上は真剣な眼差しをロウに向ける。

どれほど時間が経っただろうか。静かに狼狽していたロウが、ボソリとひとつ呟いた。

「……魔術は他人の心を読めるのか？」

潜められた眉に、テオドアが首を横へ振る。

「まさか。読めるわけない」

「あんたは今、俺の心を読んだ」

「今のはただの技術と観察です。驚きましたか、審問官としてのデモンストレーションですよ。魔術だからって、なんでもできるわけじゃない」

創世の魔女が与えし魔力と魔術は、万能じゃない。世界の理《ことわり》を改変するような術式は成り立たない。時間を巻き戻すことはできないし、死人を蘇らせることもできない。

なにより、現象や事象として解明されていないことには、魔術を使って干渉することができない。再現もできないし、応用もできない。

手のひらの上で照明光を灯せるのは、光がなんたるものか解明されているからだ。防護と解毒ができるのは、それらの原理を深く理解しているから。

「生きている人間の心――思考は読めないんですよ。それを変えることも。ひとの感情や思考、意識がどこから来るのか、解明されていないから。せいぜいできて、血流や脳内分泌物の流量の変化を細かく感じ取って、再現するところまで」

「それは魔術で他人の心を読んでいることになるんじゃないのか」

「あー……読み取った微細な変化を統計的に試算して感情と思考を予測することはできますよ。できますけど、予測です、予測。合致《イコール》じゃない」

第一、複雑に運動している人体をリアルタイムで解析し、追跡《トレース》するのは脳処理に多大なる負荷をかけるから、誰も魔術式を組み立てようとはしない。どれほど緻密な魔術式が必要となるのか。どれほどの魔力が必要になるのか。想像しただけで頭が沸いてしまう。

説明を受けても、納得がいかない、とロウが腕を組んで目を細めている。

テオドアもかつては、ロウと同じく魔術でならば他人の心が読めるのだ、と無邪気に信じていた。けれど。

「他人の心を知ったところで、役には立ちませんよ。相手の心を読めたところで、声が届かなきゃ意味はない。大体にしてそういうときは、もう手遅れなことが多い」

テオドアは少しばかり目を伏せた。もう取り返しのつかない過去に苛まれ、心臓の裏側がつきりと痛む。過去の過ちが具体的な像を結ぶ前に、テオドアは首をふるりと振って、振り払った。

「余計なことを話しました。忘れてください。預かった手紙を送ります。……ちょっとした手違いで今はバラバラになっていますけど」

話を変えるように咳払いをしたテオドアは、長衣のポケットから手紙を取り出した。手紙は散り散りになったまま。

無惨な手紙の残骸を見たロウが、冷たい視線をテオドアに送る。

「元に戻せるのか」

「愚問ですね」

テオドアはそう告げると修復《リペア》の魔術式を編み、そっと静かに展開した。

不規則に破れた紙片がふわりと宙に舞う。バラバラになった手紙の欠片《ピース》が、魔術によってパズルのように組み上げられてゆく。

ただの紙片が、手紙は手紙、封筒は封筒に。それぞれ形を成して、繋ぎ目すら見えないほどに。魔術的に解析して、いつでも転送できるよう仕掛けを仕込んで。そうして、はじめに受け取ったときと同じ状態の手紙がひとつ。テオドアの手の上に残る。

魔術による修復の間、ロウはずっと手紙の紙面に視線を送っていた。それに気づかないテオドアではない。

「手紙の中身が気になりますか。おれがデラクレス卿から手紙を受け取ってから、ずっと気にしていましたよね」

「……」

ロウは答えない。無反応で無言を貫く姿が、テオドアの指摘を肯定していた。

修復された手紙を掲げたテオドアは、微かに歪むロウの表情を読み取りながら言葉を選んで探り出す。

「んー、宛先はエレミヤ聖典教会の西方領区を担当する司教宛て。……おや、宛先は重要ではない？　なるほど、中身が気になるんですか。読みますか。今なら開封しても魔術で修復できますよ」

「それは信書開封罪にあたる」

「知ってます。けれどもし、開けずに中身を確かめることができたなら？」

悪魔の囁きに、ロウの気持ちが揺れたのか。ほんの一瞬、「それは……」とロウが言い淀む。けれどすぐに首を横へと振ってテオドアを睨んだ。

「魔術士という生き物は、罪を唆す生態でもあるのか。手紙を開けずに中を読む……そんなことができるのか？」

「ええ、もちろん。──魔術なら」

封じられた手紙の内容を読むことは、他人の思考を読むより簡単だ。動かず変動しない物ならば、解析も透視も思うがまま。対象の座標が固定されていることの、なんと素晴らしきことか。

テオドアは躊躇うロウの目の前で魔術式を編んでゆく。そうして魔力を乗せて可視化した。構築してゆく式に魔力を乗せると、魔術を使えない騎士にも魔術式を見せることができるから。

テオドアの淡褐色《ヘーゼル》の眼に光が灯る。漏れ出た魔力が眼にあらわれるのだ。複雑な魔術式が手紙を覆って、その中身を暴く瞬間を今か今かと待っている。

どうするのだ、と視線に問いかけを込めて、テオドアはロウを見た。

デラクレスが手紙の集荷に間に合うことのないように引き留めて、剣と殺気を向けていた男だ。もしかしたら、ロウが不利になるような内容が記載されているのかもしれない。あるいは、手紙の配達を遅らせることで阻止したいなにかがあるのかも。あらゆる可能性を思案して、テオドアは頭をぐるりと巡らせる。

果たしてロウは、どう出るか。悪魔的な誘惑に唆されて堕ちるのか、それとも――。ロウが一度ぎゅうと目を瞑り、次に開けた琥珀に迷いはなかった。

「……いや。確認する必要はない。送ってくれ」

長い沈黙の後で、ロウはそう告げた。

テオドアは「わかりました」と短く返し、ほとんど完成していた魔術式を解いて霧散させる。はらりと紐が解けるように、可視化された式が消えてゆく。そうして、手紙を送るための魔術式をすぐさま構築、展開する。

宛先は、エレミヤ聖典教会西方領区を担当する司教。手紙を修復する際に仕込んでおいた仕掛けを使って、実体ある手紙を魔術的に分解し、転送する。

デラクレスの手紙が白い鳥の姿に変わり、テオドアの手の中から飛び立ってゆく。羽ばたきは、ひとつ。あっという間に飛び去って、彼の手紙はエレミヤ聖典教会の然るべき司教のもとへと届いたはずだ。

「これで任務はお終いです。あんたは『光を掲げる者《ルキフェル》』を暴き、おれは手紙を送った。この遺跡に関する手柄はすべてあんたのものだ。さあ、帰りましょう。騎士団に着く頃には、もう昼飯の時間ですよ」

テオドアはそう言って「昼飯は絶対に食堂で食べたいんで」と付け足してから、ニカリと笑った。

ロウを試すようなことを言って悪かった、とは思わない。けれど、ロウに預けたネルウス魔障水銀の小瓶は、きっと大丈夫だろう。喉から手が出るほど知りたかったであろうデラクレスの手紙を前にして、公私混同をしなかったロウならば。ネルウス魔障水銀を使ってデラクレスを殺害したりはしないはず。

テオドアはどこかほっとしたような気持ちで満たされて、最上階の窓の側へと歩みを進めた。

「審問官、帰るんじゃないのか。階段はこちらだ」

「ええ、帰りますよ。帰りますけど、階段はもう嫌だ。二十四階分も下ったら、膝が笑うに決まってる！」

テオドアは泣き言を言うと、最上階の窓を開け放った。途端に流れ込む外界の風。部屋中に満ちていた暗く湿った空気が、入り込んだ風のひと吹きで清々しく入れ替わる。

ロウの目が、わずかばかり困惑で揺れた。してやった、という爽快な気分で、テオドアがパチンとひとつ指を鳴らした。鳴らした音と共に魔術式が展開されて、階段へ向かおうとしていたロウが窓際へ移動する。

「近道しましょう、ショートカットです」

ロウの腕を掴んだテオドアは窓の外へと身を躍らせて、滑空《グライダ》の魔術式をもって塔からの脱出を果たしたのである。

その日の正午過ぎ。

エレミヤ聖典騎士団の城砦へ戻ったテオドアは、正門をくぐるとすぐにロウと別れた。

ロウはデラクレスへの報告と、衛生局へネルウス魔障水銀を提出しにいくと言う。

騎士の任務についていく義務のないテオドアは、空腹をさすりながら審問局のある東棟へと足を向けた。その途端、息の根が止まるような鋭い殺気に射抜かれた。ような気配がした。

きょろりと周囲を見渡しても、誰もいない。殺気の鋭さを感じて、テオドアの手が痺れたように震えている。

審問官としての勘か、あるいは魔術士としての予感か。

もしかしたら近いうちに審問官の出番《じぶん》が来るかもしれない、と。

専門的な訓練を受けた魔術士は、城砦にはふたりしかいない。テオドアと、その上司。

そして、上司は執務室から動かず仕事をするもの。

であるならば、どうしたってテオドアが呼ばれるに決まっているのだから。

第二章　審問官は死者の記憶を視る

静謐と沈黙が帳《とばり》を下ろす東棟。

魔術士の天敵である騎士団の中で、唯一、魔術士の安全が保障されている区域《エリア》。節約という名の魔術士への嫌がらせで、東棟は全体的に暗い。灰色《グレー》の絨毯が敷き詰められ、光源の弱い灯籠《ランタン》が吊り下げられている廊下は、十数歩先が闇に呑まれている。

ここでは魔術士が異端で、虐げられる者だ。けれど、世間一般ではエレミヤ聖典騎士団が、異端とされる。

誰もが魔法を学び、息をするように魔術を使う世にありながら、魔術を忌避し、魔女の祝福を拒絶して力を得た異端の集まり。

そんな彼らの存在と生きることを許したのが、創世の魔女の名を冠したエレミヤ聖典教会だ。エルゴルビナ大陸内において、国境を越えてあらゆる国家、権威に影響力のある教会である。

偉大なる魔女が与えた祝福と、彼女が残した教えをまとめた教典、そして各地に遺された遺産。それらを管理し信仰している聖典教会は、つまるところ、魔塔と並ぶ魔術士の総本山だ。

今のところ、魔塔と聖典教会は協力関係にあるけれど、その力関係は対等じゃない。創世の魔女を超えることを目指して魔術を極めんとしている魔塔に対して、聖典教会は魔術士を屠る兵器ともいえる騎士団を有しているのだから。

そんな背景がありながらも、薄暗い廊下を歩くテオドアは天敵の巣に居を構えていることへの危機感など、すっかり忘れていた。テオドアは魔塔に属し、今は聖典教会配下の騎士団へ出向している。とはいえ、組織の末端でしかない。複雑で政治的な動向など、知ったところではないのだ。

それになによりも、魔術士の警戒心を解いたのは食堂で出された昼食だった。

時刻は十五時。遺跡から帰還したのち、二時間もかけて昼食を取った帰りである。

テオドアは膨れた腹を満足そうにさすりながら、

「火吹き鶏の香草焼き……美味かったな。赤苺の実を使った氷菓子も美味かった。騎士はあんな美味いもんを、毎食、食ってんのかよ……」

と。ほぅ、と短く息を吐く。今もまだ舌に残る肉の油と塩胡椒、それから香草の味と香り。口内を甘く冷やし、けれど後味は爽やかな香りですっきりさせてくれた氷菓子。テオドアはその味わいを思い返して、うっとりと目を細めた。

中央棟の二階にある食堂はどのメニューも皆、ボリューム満点で味は絶品だった。本来なら朝食時に訪ねる予定であった食堂は、東棟の審問局から滅多に出ない上司が「一度でいいから行って来い」と言うだけあった。

騎士向けの食事は、魔具を使わない原始的な調理場で作られる。だからなのか、焼いた火吹き鶏の肉に火と炭の味が染み込んで、口の中にじゅわりと広がり、いつまでも食べていたい気持ちにさせられて、一皿の予定が二皿、三皿と、枚数を重ねてしまったのだ。

「おれの携行食至上主義が、崩壊の危機に遭いつつあるな」

そんな独り言を深刻そうに呟きながら、テオドアが審問局執務室の手前でふと立ち止まる。執務室の前でひとりの騎士が待ち構えていたから。

「……どちら様？　もしかして審問局に用でも？」

誰もいないと思い込み、緩んでふにゃけた顔を晒していたテオドアは、急いでキリリと背筋を伸ばし、騎士に話しかけた。

薄暗闇の中、扉の前で直立不動だった若い騎士が、眉ひとつ動かさずに口を開く。

「テオドア・オラニエ審問官。ルドガー捜査官がお呼びです。西棟一階の屋内演習場までお越しいただきたく」

小柄で細身、声も少しばかり高い。もしかしたら、従騎士《エクスワイヤ》から正騎士《ナイト》に叙任されたばかりなのかもしれない。紺色の腕章をつけていることから、彼が警察局の捜査官であることが知れた。

「審問官としての仕事ってこと？」

「はい、そうです」

若い騎士が頷いた。

魔術士だけで構成される審問官は、騎士だけで構成される捜査官とは別の独立した機関である。第三者的な視点と立場から、被害者と加害者、両名の言い分や主張を公平に聞き取り、時には犯行動機や事件の真相までをも聴取するのが仕事だ。

それとは別に、テオドアでなければできない仕事がひとつある。

テオドアが呼ばれたということは、騎士団内で事件が起こったということ。嫌な予感が的中したのだ。テオドアは、深淵の森から帰還した際に感じた鋭い殺気を思い出す。

深呼吸をひとつ。それから、もうひとつ。息を吐いて、そして吸う。

あのとき、殺気の主を突き止めていたら。だなんていう、たらればは今は考えない。落ち込む気持ちを反転させて、テオドアはニコリと笑った。

「君、ルドガーの部下？　名前を聞いても？」

「伝令役の名前を知ったところで、意味はないと思いますが」

「意味があるかどうかは、おれが決める。実のところ、赴任して二週間しか経っていなくてさ、まだ顔と名前が一致していない騎士ばかりなんだよね。だから、知り合いを増やしたくて。協力してもらえる？」

テオドアは人好きのするような柔らかな笑みを浮かべて言った。彼が伝令役ならば、今後もテオドアと関わることは必然だ。ならば、名前を知っておいて損はない。ひとは名前を呼ばれる回数が多ければ多いほど、気を許して打ち解けやすくなるものだから。

「今後もなにかと付き合いがあるだろうし、名前くらい教えてくれよ」

真意を隠したテオドアの微笑みに、若い騎士は戸惑いながらも名前を名乗った。

「……そういうことでしたら。カルレと申します、審問官殿」

「ありがとう、カルレ卿。ところでルドガーの機嫌はどうだった？　今すぐ行かないと噴火しそう？」

茶化して言ったテオドアの言葉に、カルレの口元がむずりと歪む。カルレは、笑いを堪えるかのように奥歯を噛んだ。そうして呼吸をひとつ置き、

「可能な限り早く向かった方がよろしいかと」

そう告げて、神妙な顔で頷いたから。テオドアは審問局執務室の扉を開けることなく、呼び出し先の西棟一階屋内演習場へと向かう。


「遅い。テオドア・オラニエ上級審問官。君は自分の職務を軽く見ているようだな」

カルレに案内《エスコート》されて向かったテオドアは、屋内演習場に入るなり、大音声で罵られた。

警察局内でもっとも厳しいと囁かれている捜査官、ルドガーだ。

皺なくアイロンがけされた隊服、首までキチリと閉じられたボタン、一筋の乱れもなく後ろに撫で固められた濃茶の髪。黒く縁取られた四角い眼鏡、鋭く光る吊り上がった深緑の眼、薄情そうな薄いくちびる。

そういうものが、ルドガーの印象をより堅く厳しいものにしている。はじめて会ったときは、今とは正反対だったくせに、と状況にそぐわない感想をぼんやりと浮かべながら、

テオドアは屋内演習場内を見回して息を呑んだ。

テオドアが呼ばれた理由。そして、ルドガーが噴火している理由が、冷たい石床の上に横たわっていた。

デラクレスだ。

彼の赤髪は生気を失い、長く逞しい四肢も投げ出され、力なく石床の上に広がっている。ひと目見れば、誰にでもわかる。デラクレスは死んでいた。

物言わぬ屍に成り果てたデラクレスの傍らで、黒衣の騎士が呆然としている。ロウの頬と両手は、酸化して黒ずんだ血で汚れていた。

ほんの数時間前。テオドアと会話し、デラクレスへの並々ならぬ思いを口にしていたロウの、その琥珀色の目が、今は放心してなにも映していない。否、ロウの揺らぐ目は、冷たくなったデラクレスだけを見つめている。

なぜ、どうして。

テオドアの心がぐらりと揺れる。デラクレスと会話したのは、今朝のこと。それなのに、昼下がりには死んでいるだなんて。遠征も討伐も行われていない平時に、なんてこと。

動揺したテオドアの鼻の奥が水っぽく湿り出す。目の奥がツンとして、胸がチリチリと焦げつくような。思わず鼻をスンと啜って、テオドアは目を見開いた。

甘い匂い。わずかに香る、甘い匂い。

覚えのあるその匂いは、テオドアが深淵の森の東の端で見つけた遺跡にあった。ネルウス魔障水銀だ。

あの毒物を使ったのか？　テオドアは疑いの目をロウに向けた。けれどロウは、魂が抜け落ちたかのような姿でデラクレスを抱いていた。そんなロウを、第三部隊の隊員と思しき騎士が取り囲みつつあった。

次にテオドアは、死したデラクレスを見下ろした。飄々とした彼の姿は失われ、今は物言わぬ物体に成り果てた。

もう生きてはいない、物と同じ。物であるならば、テオドアの出番だ。

思考を切り替えたテオドアは、ほとんど無意識で魔術式を編みはじめた。望む結果を手に入れるために、式を何重にも構築する。

テオドアが大規模魔術式を構築しはじめたことに、ルドガーが気づいたらしい。ルドガーは胸の前で腕を組み、居丈高にこう告げた。

「オラニエ上級審問官。君の役目を果たしたまえ」

「……わかってる」

テオドアがひとつ頷くと、淡褐色《ヘーゼル》の眼に鮮やかな黄緑色の光が灯った。捜査官ルドガーの要請に応じて、高位魔術式を行使する。

高位魔術式は、魔術展開時に心身に高負荷がかかる。式を重ね、定常処理《ルーチン》を重ね、余剰魔力《リソース》を割いて、少しでも負担を軽くするのが定石《セオリー》だ。

けれどテオドアは、自分が開発した高位魔術式の定常処理を、ただのお決まりの所作にはしなかった。単に言葉を連ねるだけには、決してしなかった。

一歩、物言わぬ死者との距離を詰める。

「——この祈りに意味はなくとも」

二歩、幾重にも編んでいた魔術式に魔力を注ぎ、花開かせるように展開してゆく。

三歩、命なきデラクレスの側で膝をつき、その冷たい額にそっと触れた。指先が熱い。

魔術式を通してテオドアの熱が、死者へと流れ込む。

そうしてテオドアは、もう動きはしないデラクレスの左胸——心臓に触れ、祈りを捧げた。愚かな過去への悔恨と戒めのために。

「忘れ難き祈りよ、虚に惑わず過ちを映し給え——試式餐號《さんごう》」

祈りにも似た言葉とともに最終展開した魔術式がテオドアを呑み込んだ。

開かれた魔術式が、魔力を注ぎこまれた式が、弔いの花のように咲いて散る。砕けた魔術式がテオドアとデラクレスへと降り注ぎ、はらはらと舞っている。

テオドアの『おれ』という自我の上に、別の人間の、かつて息づいていた『俺』という記憶《メモリー》が走りだす。

その記憶は唐突にはじまり、呑まれたテオドアの意識が他者の記憶で埋め尽くされてゆく。自我は侵食されて、けれど唐突にぷつりと途切れた。

記憶が溶けだし接続が解ける。やがて、深淵に抱かれるように意識が落ち、落ちて、落ちた。

そして――。
テオドアは膨大なる魔力と、多少の記憶の喪失と引き換えに、その役目を果たした。

×　×　×

「……――審問官！　……テオドア・オラニエ上級審問官、今すぐ目を覚ましたまえ！」

落雷のような鋭い大喝で、白くぼやけて濁っていたテオドアの意識が浮上した。

ぱちり、と一度瞬いて、更にもう二度ゆっくりと瞬きをする。ぼんやりしていた視界と頭が、徐々に輪郭線を捉えだす。

どうやら昏倒していたらしい。テオドアはそんなことを思いながら、指先にわずかな痺れを感じて息を吐いた。この痺れは、すぐに治るだろう。経験則で判断し、失ったものはないか頭と身体に魔力を流す。

至って平常通りの魔力反応が返ってきて安堵した。記憶の方は曖昧だけれど、少し時間が経てば、ぼんやりした頭も冴えるはず。

でこぼこした硬く冷たい床で、テオドアは仰向けになっていた。

焦点が合いはじめた視界には、無機物と有機物が映りこむ。アーチ構造で築かれた石造りの高い天井、オレンジ色の光を放つ吊り下げられた洋燈。救護部隊をあらわす緑色の腕章をつけた救護員が、不安そうにテオドアの顔を覗き込んでいる。

横を向けば、かつて生命を宿していた体躯がひとつ。その奥の壁際で複数人の騎士団員に取り押さえられている漆黒の男がひとり。

あれは誰だ。誰だった？

靄がかかったような頭を振る。またいつもの記憶喪失だ。

高負荷魔術を行使すると、記憶の関連付け《リンク》が一部、失われる。記憶そのものが消えるわけじゃない。けれど、リンクが失われることで記憶の彼方に葬り去られて引き上げ《サルベージ》されないまま、時間の経過とともに消え去る記憶もいくつかある。

テオドアが起き上がろうと上半身を動かしたところで、救護員の腕が動きを制した。

「いけません。魔力の過剰消費と負荷によって倒れたんです。もう少し休んでください」

「エジェオ救護員。オラニエ上級審問官を甘やかすな。その男は魔塔から派遣された審問官だ。騎士団内部で起きた事件を解決してもらわなければならない。……早く起きたまえ、オラニエ上級審問官！　お前の異名が『天井知らず』だってことは、知っている」

眉を吊り上げて冷徹に言い放つのは、意識消失していたテオドアを起こすよう叱咤した捜査官だ。『天井知らず』だなんて恥ずかしい異名をテオドア自ら名乗ったことはない。けれどこの男はことあるごとにそれを持ち出して、魔力と記憶を喪失してふらつくテオドアを遠慮なく酷使しようとする。

魔術士に対する復讐か、あるいは個人的な嫌がらせか。その両方であろうな、とテオドアは思う。

テオドアがルドガーと出会ったのは、エレミヤ聖典騎士団西方領区支部へ赴任する前。魔塔時代に酔って友人とやらかしてしまった際に、テオドアたちを粛清しようとした騎士がルドガーだった。

そこからの腐れ縁で、ルドガーとは何度かやり合った。時には協力して、世界に害なす〈獣〉を狩ったこともある。死が隣り合わせの戦場で騎士として剣を振るっていたときのルドガーは、今よりずっと騎士らしく、魔術士に対する嫌悪で満ちていた。

そんなルドガーが捜査官としてテオドアの前にあらわれたときは、心底驚いた。荒々しく粗暴な見た目は、上品で静かな落ち着きを見せ、任務達成主義者は事件解決主義者へと変貌を遂げていたから。

パリッとした捜査官の制服に身を包んだルドガーは、テオドアを名指しして、審問官として騎士団に招き入れた。連盟から派遣されていた前任者の審問官は、ルドガーのお気に召さなかったらしい。

理由はどうあれ、魔力と魔術を拒絶する騎士団に、魔術士を招くだなんて正気の沙汰じゃない。獅子の群れに兎を放つのと同じこと。けれど、正気の沙汰ではないのは、テオドアとその上司も同じだ。天敵である騎士の巣窟に乗り込んで居を構え、渡り合おうなんて。

とにもかくにも、騎士団内部で日常的に起こる事件処理のためだけにテオドアの上司を説得し、ただの審問官ではなく上級審問官だなんて役職をつけ、今から二週間前に騎士団へ魔術士を迎え入れたのが、ルドガーという男である。

テオドアは厄介で有能な捜査官を見上げてため息を吐いた。吐いた息に紐づいて、男の名前がテオドアの頭の中に戻ってくる。

「おれが寝ている間に事件だって断定できたのか、ルドガー」

「敬称もしくは官職名をつけたまえ、オラニエ上級審問官。君はいつもそうだな、いつになったら学習するのかね？」

「はは、失礼、ルドガー捜査官殿」

硬い床の上で仰向けのまま笑うテオドアを見下ろす捜査官ルドガーの顔は、逆光になっているからそう見えるのか、それとも気を失ってしまったテオドアに落胆してか、酷く険しい。その険しさにまた記憶が紐づいて、テオドアが今置かれている状況が結びつき、像を結ぶ。

「オラニエ上級審問官。それで、君は見たのか？　第三部隊隊長を殺害した犯人を」

声まで硬質で柔らかさの欠片もないのは、相変わらずか。紺色の腕章をした腕を組み、テオドアを見下ろすルドガーは、少しばかり意識を失っていたテオドアの頭の具合だとか身体の具合だとか、そんなものには興味がないらしい。

テオドアの隣で、物言わぬ冷たい体躯となって横たわるデラクレスにさえ、興味がないようであった。そんなルドガーの態度に、頭にかかっていた霧が少しずつ晴れていく。この感覚は、いつもの感覚だ。記憶のリンクを結び直してゆくときの感覚。

ほんの少し安堵を覚え、けれどそのまま態度には出さずに、テオドアは顔を顰めた。

「起きて早々、答え合わせですか。ルドガー捜査官殿は、相変わらず仕事熱心だ」

「捜査官の仕事は、速やかに事件を解決することだ。なにか問題でも？」

捜査官であるルドガーの頭の中にあるのは、事件のこと。それから、その事件を早急に解決することだけ。

「問題はない。ないんですけどね、ルドガー捜査官殿。こっちは高負荷魔術式を展開したおかげで、ふらふらなんですよ」

「供犠《サクリファイス》の影響か。騎士には無縁だ。理解できかねる」

「これだから異端の騎士は」

テオドアは深く深く息を吐き出して、首を横へとふるりと振った。

普通、生活魔術などの簡単な魔術は供犠を必要とせずにノーリスクで使うことができる。それを魔女の祝福といってありがたがっているというわけだ。

けれど、テオドアが行使したような高負荷魔術には、供犠が必要不可欠だ。供犠は魔術士毎に異なって、テオドアの場合は記憶のリンクが途切れることが、それにあたる。

騎士だって、魔術を使うのならば供犠からは逃れられない。騎士として前線を退いたルドガーが、一番よく知っているだろうに。

テオドアの頭はまだ少しぼんやりしていた。けれど、このまま寝たきりでは格好がつかない。起き上がったテオドアは、逸れてしまった話を戻すべく、険しい顔をしたままのルドガーに問う。

「ルドガー捜査官殿。デラクレス卿が殺害された、という証拠が出たんだな？」

テオドアは断定系でそう告げて、第三部隊の騎士に拘束されている漆黒の男をチラリと見た。途切れたリンクのせいで名前が出てこないけれど、この男のことは知っている。

「よくある稽古中の事故では？」

「違う。致命傷となった脇腹の太刀傷から毒物反応が出た」

「ネルウス魔障水銀か？」

「よくわかりましたね、テオドアさん」

驚いたように目を丸くして反応したのは、救護員であるエジェオだった。

エジェオは騎士団の運営と後方支援を司る衛生局の騎士である。衛生局は、ルドガーが所属する警察局と同様に、魔術を行使する騎士で構成されている。

騎士団内で局がつく組織は、影で騎士の墓場と嘲笑われる。騎士としての力を失い、魔術に頼った軟弱組織として。そんな中でもエジェオは腐ることなく、仲間のために決して軽くはない供犠《サクリファイス》を支払って、魔術を使う。仕事への責任感と情熱溢れる好青年だ。

「簡易的な検査の結果でしかありませんが、使われた毒物はネルウス魔障水銀でした。テオドアさんがこちらに入る前に、僕のほうで広範囲解毒魔術式を展開して、浄化してありますのでご安心ください」

「ありがとう、エジェオ卿。検出された毒物がネルウス魔障水銀なら、それは確かに事故じゃない」

「だから尚更、君の証言が重要となってくる。……オラニエ上級審問官、君が視たことを話してくれ。デラクレス第三部隊隊長を殺害したのは誰だ」

ルドガーの硬い声に冷気が宿る。切れ長の目がすぅ、と細められてより鋭く尖った。白絹の手袋に覆われた長い指が、組んだ腕を叩いている。あれは、ルドガーが催促しているときの癖。

これ以上、雑談をしていると雷が落ちるな、と思いながら、テオドアはデラクレスが殺害された場面《シーン》を回顧するように目を細めた。

そう、テオドアは確かに視た。

犯人らしき人物がデラクレスを刺殺する場面《シーン》を。現場に居合わせてはいないけれど、テオドアにはそれを視る術がある。

どうやって？　――魔術を使って。

×　×　×

「デラクレス隊長、個人演習に付き合ってもらえませんか」

低いのに妙にはっきり耳に届く声に、思わず振り返った。そこにいたのは、夜の藍色を溶かした黒い髪、琥珀色の眼の男。精悍な顔つきで、仏頂面をした第三部隊副隊長だった。隊服の襟と肩に縫いつけられた隊章と階級章が、そう示している。

エレミヤ聖典騎士団の西棟三階の廊下で呼び止められ、個人的な演習――つまり手合わせを申し込まれた。

途端、期待と驚きで動悸がしだす。少しばかり呼吸も速くなって、体温が上がる。頬も緩んでニヤけているだろう。

「いいだろう、三十分後に演習場入口で。空いている場所を押さえておく」

それだけ言って、副隊長には背を向ける。歩いていたのは数歩だけ。すぐ駆け足となって、ある人物を探すべく階段を駆け降りた。

背後を警戒していたのになにもなかったから、更に驚き、膨れる期待で胸が一杯になり、気も緩んでしまったことは否めない。

「イーヴォ、すまない。どこか空いている演習場はないか？　三十分後に使いたい」

目的の人物を見つけるのは容易かった。

汚れも皺もない白い隊服は、よく目立つ。エレミヤ聖典騎士団西方領区支部第一部隊隊長のイーヴォを見つけ、思わず真っ直ぐ駆け寄った。騎士たちの詰所や執務室、待機室などがある西棟二階の廊下で、だ。

話しかけられたイーヴォがゆっくりと振り向いた。

廊下の突き当たりに設けられた窓を背にしたイーヴォは、東雲の隙間から差し込んだ朝の光に照らされて、その美貌が神々しく輝いていた。

銀色に艶めく癖のない長い髪が、振り向きざまにフワリと揺れる。冬の泉のような青い眼は平淡で、よく言えば冷静だと表現できるのだろう。

「屋内演習場が空いているぞ、デラクレス」

「そうか、よかった。助かった、イーヴォ」

「……もしかして、いつものアレか？」

イーヴォの表情がわずかに濁る。眉間に寄る皺、下がる口角。それについては気にも留めずに、肯定するよう頷いた。

「ん？　ああ、そうだ。いつものアレだよ。珍しく誘われたんでね、俺が場所を押さえることにしたんだ。いつもは不意打ちで来るのに……なんでだろうな？」

答えた声が、思いもよらず跳ねていた。少しだけ心拍数が上がって体温が高くなる。くすぐったいような、痒いような。そんな感覚。それを誤魔化すように、なんとなく手癖で目を擦る。

そんな様子に、イーヴォは呆れたようにため息を吐いて小言を言いだした。

「私が知るわけがないだろう。それにしてもデラクレスよ、いつまでアレの勝手に目を瞑っていてやるつもりだ？　隊長のお前の首を狙っているとか、隙を見ては襲っているだとか、悪い噂を聞いているが」

「ははは、いつまでもだ！　今、磨いてやってる最中なんだから」

「可愛がるのもほどほどにしろ。一年後には第三部隊の隊長から外れている予定なんだろう？　……儀式は順調か？」

「儀式は順調だ、心配するな。今まで感じていたものが感じ取れなくなる感覚は新鮮で面白いぞ。まあ、アレはいいんだよ、あのままで。このままなにも知らずに俺に挑んでいればいい」

「……うっかり殺されてからでは遅いぞ」

どうやらイーヴォの小言は忠告だった、らしい。適当に聞き流して、目を擦る。どうしてか目に違和感があったから、つい。手癖で擦ったせいで、どこか傷つけたのかもしれなかった。

けれど、そんなもの。イーヴォの忠告も目の痒みも、真面目には取り合わずに不敵に答える。

「ふは、そんなことあるかよ。アレは狼だ。群れの頭を噛み殺すことはできない」

そう言ってイーヴォと別れて西棟の階段へ向かう。屋内演習場を使うためだ。そうして、降りる階段の前で、第三部隊の隊章をつけた男に呼び止められた。

「デラクレス隊長！」

焦茶色の眼、枯れ草色の髪を中央で分けた髪。中肉中背で顎には傷がある。書類の束を抱えたその隊員は、にこにこと愛想笑いを浮かべながら話を続ける。

「あれ、隊長。珍しいこともあるんですね。——と屋内演習場で、ですか」

「……？　…………」

不思議そうな顔をして尋ねる隊員の声、特に一部の音にノイズが走る。聞き取れなかった名前に不快を感じて、顔を顰めた。

その不快はじわじわと胸の内に広がって、やがて腹まで下がってムカムカしだす。それだけじゃない。うっすら頭の奥も、ズキズキと痛い。

だから隊員の存在は、無視をした。スイッチを切るように表情を消して階段を降りてゆく。

「え、え？　隊長、デラクレス隊長？」

背中にかけられた声は、戸惑いと不審とで揺れていた。けれど、それを顧みることはない。隊員に横柄な態度を取るのは、いつものことだ。珍しいことではない。

けれど、無視をされた隊員は不満に思ったか、それともなにか用があったからなのか。随分と長い間、なにか言いたそうに見つめていたようで、背中にずっと視線を感じていた。

それがどうにも不快で苛立たしくて、駆け足で階段を降り、真っ直ぐ目的地へ向かったのだ。

石造りの高い天井に剣戟の音が響く。

ここは西棟一階にある屋内演習場だ。第三部隊副隊長との約束の場所。だから必然的に剣の相手は副隊長だ。夜を思わせる藍色が溶けた黒い髪、不敵に輝く琥珀の眼。その眼の奥は今、闘志によって爛々と赤紫色に燃えている。

「ははは、今日の趣向はなかなかにいいぞ！　面白いな、どんな手を使った？」

「それを答えると？」

「違いない！」

笑いながら剣を振るい、腹の底でぐつぐつと煮立っている愉悦を、溢れださぬようしっかり堪《こら》える。楽しい、楽しい、楽しい！　これは、楽しいという感情だ。

けれど、二度、三度、と剣を打ち合わせる度に、どうしてか動きが鈍ってゆく。繊細な動きができない、呼吸も制御《コントロール》できていない。

視界に映るのは、ノイズ混じりで顔の半分が見えない副隊長。見えない、副隊長のキリリと引き締まった美しい顔が、よく見えない。

けれど、ノイズに掻き消されてもなお、琥珀の眼の奥で燃える仄暗い赤紫の灯だけは、よく見えた。

それだけじゃない。副隊長の剣に追い詰められていることも、わかっている。わかっていて、それが嬉しいと感じていた。

そう、この瞬間までは。

「ああ、楽しい！　楽しいな！　だが、この楽しい時間も残りわずかだ。俺はそろそろ隊長を辞める。後継はロウを指名しよう。後継はロウだ、――ではない」

そう冷えた声で副隊長に告げて、目の前の副隊長を物を見るような無感動な目で見やる。

言葉に驚いたのか、態度に驚いたのか。副隊長は大きく目を見開き茫然としていた。

「……っ、まさか、――いて？」

「いくら――がアレの太刀筋を――も、まるで――ない。これで――しい」

「そんなに――が――か⁉」

「アレは――た。至高の――騎士だ。第三部隊の――相応しい」

会話の端々にノイズが混じる。自分が吐いた言葉すら、自分の耳で聞き取れない。

言い終わると同時に、少しだけ副隊長と距離を取った。そうして、もう終いだと言わんばかりに剣を鞘に収めて副隊長に背を向ける。

背後では、ガランと剣を投げ出す音、駆け寄る足音。それから、大きく叫ぶ悲痛な声。

「それ――相応しい！　貴方に――いる、――！」

「――では――よ。そうやって――うな、――には。せいぜい――しか――ない」

掠れる視界。副隊長の姿がよく見えない。自分の声すら聞こえない。煩わしそうに目を細め、けれど気にも留めずに言葉を続けた。

「まあ、――を用いて――は、はじめ――だった。そこは評価――いい。だが、――い」

少しだけ。ほんの少しだけ上擦った声ののち、それとは真逆の硬い声。喉から出ている使い分けられた声が、まるで他人の声のよう。追い縋る副隊長に背を向けたまま、拒絶の意思をはっきりと示した。

途端に背後で膨れ上がる殺気と、消失する気配。

その状況に、歓喜した。込みあげる感情は、なんと名前をつければよいだろう。

気分の赴くまま声を張り上げて宣言をした。

「だが、――う。――は本物だ。――は、俺の――！」

そして。

ふ、と背中から抱き込まれるように優しく腕が回る。次に感じたのは、脇腹への灼熱の痛み。切り裂かれたのだ、とわかったのは、抱き締められる腕から解放されて石畳の床に倒れ伏したときだった。

「さようなら、デラクレス隊長。あなたの間違――を――だ」

一方的な別れの言葉と去りゆく足音を聞きながら、自嘲した。薄笑いを浮かべて浅く呼吸を行い続ける。

じわじわと身体を蝕んで意識と血液を垂れ流そうとしているのは、おそらく毒だ。流れた血は凝固する気配を見せずに広がってゆく。

寒い、冷たい、とにかく寒い。

苦しい、痛い、息ができない。

これで終わりか、と目を閉じる。けれど、いつまで経っても死の瞬間は訪れなかった。

苦痛と寒さに囚われてひとりきり。痛みと苦しみから解放されるために願う死の、なんと虚しいことか。

　どれほど時間が経っただろう。あるいは、ほんの一瞬でしかなかったのかもしれない。バタバタと慌ただしく駆け寄る聞き馴染んだ足音がひとつ。そして、駆け寄ってきた人物に、半ば乱暴に抱き起こされた。

「デラクレス隊長！　一体、なにが……」

　最後の力を振り絞り、閉じた目蓋をゆっくり開けた。視界に映ったのは、黒い髪。驚愕で見開かれ揺れる琥珀の眼。澄んだ琥珀にホッとする。薄目で見た副隊長の凛々しい顔は、毒物混じりの血で汚れていた。

　だから、力の入らない腕を持ち上げて、副隊長の頬に触れる。血を拭うどころか、余計に被害を拡大してしまったのだけれど。

「隊長……っ」

　悲痛な声は、胸の内をくすぐった。死に対する恐れは、もはやない。

　それでもなにか話そうと息をしたら、今度はゴボゴボと咳き込んで吐血した。口の中が気持ち悪い、けれど、今は、この男に、最後の言葉を。

　生涯最後の言葉は、意外なほどクリアに発声できた。

「……自由に生きろ、ロウ。俺の後を継ぐ必要は、ない」

　そうしてそこで、意識がブツリと途切れた。

×　×　×

魔術で読み取った死者の記憶を思い返したテオドアは、ため息をひとつ。深く吐き出した息が垂直に上がり、少しカビた匂いのある空気と混ざって拡散してゆく。

精神が上書きされる感覚は、仕事でなければ可能な限り味わいたくない。『おれ』という自我の上に『俺』という記憶《メモリー》が走る感覚。まったくの他者に染まる感覚。あの感覚だけは、思い出したくないものだ。

それでもこれはテオドアの仕事だ。不快な思いに耐えながら、テオドアは自分の脳に刻まれたデラクレスの記憶を呼び覚ます。

今もまだなお鼻の奥の粘膜にこびりついて消えない血臭、琥珀色の瞳に映ったデラクレスの青白い顔は、目蓋を閉じても鮮明に浮かび上がってくる。もう動かず、もうなにも生み出すことのないものに変わり果ててしまったデラクレス。

第三部隊隊長であるデラクレスを殺害した者。それは壁際で拘束されている漆黒の男、テオドアがようやく名前を思い出した男――第三部隊副隊長ロウだった。

ロウがデラクレスを必ず殺す、という言葉を実行したのか。ちょうど手元にあったネルウス魔障水銀を使って？　テオドアの胸がざらりとざわつき、しくりと痛む。

それにしても、とテオドアは思う。記憶を視た限りでは、デラクレスはロウにもっとも目をかけていたらしい。

だからなのか、とテオドアは腑に落ちた。

殺意が乗った剣を平然と受け止め、ロウを庇ってみせたデラクレスの寛大さは、ここから来るのか、と。殺伐としつつも、深い場所で信頼し合っているような奇妙な印象は、デラクレスがロウを誰よりも深く許していたからなのか、と。

どこまでも許し、頼りにしていた『ロウ』に殺害されるだなんて。最期の瞬間、デラクレスはどう思っただろうか。

言いようのない身体反応に胸を掻き回される中、デラクレスが深く感じていたものは、ロウのあたたかな腕。そして、事切れる寸前、デラクレスが見つめていたのは、琥珀色の瞳、夜の色をした短髪、顰められて歪んだ端整な顔。そして、わずかな違和感。

テオドアは、自分が死の瞬間を体験したかのように身体を震わせて目を閉じた。いまだ朦朧とする頭を左手で押さえながら、渋々答える。

「ああ……視《み》た。視たよ、一応。あれは第三部隊副隊長ロウの顔……だった、と……思う」

「なんだそれは。君は視たのだろう？　第三部隊隊長デラクレスの死に関する記憶を」

ルドガーが怪訝な顔をして髭のないツルリとした顎をさすった。ルドガーの言いたいことは、よくわかる。視た、のだから、それが真実なのではないか、と。

「オラニエ上級審問官、容疑者の顔をしっかりと確かめたまえ。君が視たのは、あの男の顔か？」

ルドガーが演習場の隅で拘束されている男を指さした。

ロウを取り押さえているのは、柔らかく波打つ枯れ草色の髪を短く刈った男と、癖のない銀の髪を肩口で切り揃えた男。どちらも顔は見えないけれど、第三部隊をあらわす隊章が襟と肩に縫いつけられている。

同じ仲間に拘束されているロウは、どこか静かに怒っていた。あるいは、酷く狼狽していた。琥珀色の瞳、夜の藍色をした短髪、そして怒りを宿して表情を失くした端整な顔。間違いなくデラクレスの記憶の中で視た顔で、昼前まで行動を共にしていた男の顔だ。

けれどテオドアは、自信なく首を横へとふるりと振る。

「間違いない……と思うんだが……確証がない」

「オラニエ上級審問官。君は死者の記憶を読み取る魔術を使うんだろう？　ならば、君が視た光景が真実ではないのか？」

「それはそう、なんだけど」

「君が開発した魔術はとびきりだと聞く。それなのに自信がないと言うのか」

皮肉めいたルドガーの問いに、テオドアはゆっくりと深く頷いた。今回ばかりは本当に自信がないのだ、と首肯するために。

テオドアが使った魔術は、確かにとびきりだ。なにせ、細かい条件はあるものの、対象となる屍体の記憶を参照することができるのだから。生きていない人間ならば、状態が固定された物に成り果てたなら、いくらでも頭《中身》を覗ける。

だから、テオドアは視た。そして、体感した。

その上で、テオドアは結論を出すことを躊躇った。

魔術は万能じゃない。テオドアは死者の記憶を読み取る魔術を使うけれど、完全な記憶を読み取れるわけじゃない。死者の感情はわからないし、考えていることだって読めない。身体の反応を細かく読み取って類推するしかない。

デラクレスの記憶を読み取ったテオドアは、デラクレスの死因を。彼を殺した犯人を。今はまだ、断定することができなかった。

「こう……参照した記憶にノイズ？　のようなものが……」

「ノイズ？　……エジェオ救護員。デラクレス隊長が殺されてから何時間経過したかわかるか？　およそでも構わない」

ルドガーが、テオドアを介抱していた救護員エジェオに所見を求めた。エジェオはビクリと肩を跳ねさせて、少し高めの声を震わせながら早口で述べる。

「は、はい！　えっと……通報時刻や死後硬直などから見て二、三時間ほどです。死亡前に手合わせをされていたと仮定して、の話で見積もり済み、です」

「というわけだ、オラニエ上級審問官。なにも問題はないのでは？」

「大アリだろ。多く見積もっても三時間しか経ってないのに、ノイズが混じってるだなんて、ありえない。魔術式は完璧に構築した、ノイズが混じる外的要因があるはずだ。デラクレス卿の死には、絶対なんかある」

そう言って、テオドアはため息を吐きながら石造りの天井を仰ぎ見た。

ルドガーに啖呵を切ったものの、記憶参照魔術が客観的な証拠になり得ると信じているルドガーを説得できるか、どうか。

テオドアが使った魔術は完全無欠の魔術じゃない。死亡から四時間以内である、という条件下でほぼ完璧に近い状態で記憶参照を可能とする。そういう魔術だ。

記憶といっても参照できるのは、身体や脳に刻まれた情報だけ。網膜を通して見た景色や、鼓膜を震わせて聞いた声や音。皮膚が感じ取った熱さや冷たさ。そういうものだ。

死者の感情や、なにを考えていたのかまでは、わからない。

その記憶も、死亡経過時間と比例して記憶に混じるノイズの量が増え、不明瞭で不鮮明になる。記憶参照魔術の有効期限は十時間。それ以上経過した場合は、死者の記憶を参照することもできなくなる。

そして、高難度魔術を行使する際の供犠《サクリファイス》は心身への高負荷と記憶のリンクの一部消失。一度使ってからの再使用は日数制限がかかっているし、記憶参照後は漏れなく意識障害を起こしてしまう。時間制限と供犠に加えて、構築しなければならない魔術式は繊細さを極める。

ではテオドアが失敗したのか？　――テオドアはミスなどひとつもしていない。そのはずなのに、ノイズ混じりの記憶を視た。それがどうしても引っかかる。

歯切れの悪いテオドアに苛ついたのか、ルドガーが眼鏡の奥の深緑の眼をいっそう鋭く尖らせる。

「ミスした訳ではないんだろう？」

「ミスはしてない。でもどうして違和感があるのか……ちょっとよくわからない」

テオドアが参照したのは、生前のデラクレスの身体が実行した符号《データ》だ。

体を動かすために必要な骨と筋肉、神経と細胞、脈拍と脳波、血流と酸素。そして、膨大な量の生体信号。そういう全身の反応を複写《トレース》して、客観的に追体験をする。

脳波を参照できるけれど、具体的になにを考えていたか、はわからない。だいたいこんな感じ、というふんわりとした所感ならば、まあ、わかる。

それと同じように、感情だって、そう。

心拍数の変動や発汗状態、筋肉のぎこちなさ、聴覚として耳から得た音声情報などを通して、なにを思ったか、は推測できる。けれど、それが正解かどうかは、想像と類推を重ねるしかない。

けれど、テオドアの仕事は、こういった事件や事故が起こったときに役に立つ。求められるのは、客観的な事実。感情を抜いた状況証拠。死者の眼や耳を通して見た事実は魔術的に記録され、最高の証拠となる。なるのだけれど。

「オラニエ上級審問官。改めて聞く。第三部隊に所属するロウ副隊長が隊長を刺殺したのには、間違いないんだな？」

「……まあ、一応？」

ルドガーの最終確認に、テオドアは渋々ながらも頷くしかなかった。タイル状に敷いた不揃いな石張りの床を気まずく見つめることしかできないなんて、なんて不甲斐ない。

なんとも形容し難い違和感がある、といえば、ある。それは、ないといえば、ない、と言えるのと同じこと。

死後四時間以内の死者の記憶に、感じ慣れないノイズが混じっていた。ただその一点だけで異を唱え続けるのには、無理がある。

なぜなら、魔塔の同期である医療魔術士《ドクター》とともに開発したこの魔術は、実践利用するようになってから、まだ三年も経っていない新しい術式だから。そして、死人が出て審問官が出動しなければならないような事件や事故は、そうそう起こらない。

それは、片手で数えるほどしか実践で使ったことがない、ということ。精度が高い、と言えば聞こえはいいけれど、それは分母が少ないから。死者の記憶を読み取れるとはいえ実績の少ない魔術と、客観的で実績のある検証結果。どちらを取るか、という話だ。

その数字を、事実を、ルドガーは当然知っている。そしてルドガーは現実的な男だ。

「ならば副隊長には、このまま独房で過ごしてもらうしかない。第三部隊のレメク隊員、デヂモ隊員、拘束ご苦労。このままロウ副隊長を地下牢へ連行願う」

ルドガーの冷徹な決断は、ロウを捕らえていた騎士たちを酷く動揺させた。特に、レメクと呼ばれた癖のない銀髪を肩口で切り揃えた男は、ロウの胸倉を掴んで詰め寄った。

「ロウ……お前にはがっかりだ。あれだけ隊長に目をかけられていたのに、恩を仇で返すとはな！」

「やめろ、レメク。まだ捜査は終わったわけじゃない。……ですよね、ルドガー捜査官」

デヂモと呼ばれた騎士が、激昂するレメクを嗜めた。そのデヂモの顎には古い傷のような痕が見える。

どこかで視たような。あの特徴的な顎の傷は、確かデラクレスの記憶の中で視たのではなかったか。テオドアがそれを言い出そうか逡巡している間に、ルドガーが冷徹な判断を下してしまった。

「デヂモ隊員の言う通り、捜査はまだ終わっていない。いないが、然るべき手続きがすみ次第、総長へ報告する。第三部隊ロウ副隊長が犯人である、と」

「おい、犯人断定にはまだ早いぞ」

思わずテオドアは抗議の声を上げた。テオドアが秘し、胸の奥に閉じ込めている過去がそうさせた。けれどルドガーは無慈悲にも首を横へとひと振りする。

「駄目だ。剣の天才であったデラクレス隊長が殺害されたのだ。つまり、犯人は隊長を殺せるほどの実力を持っている、ということだ。ロウ副隊長は、その犯人像にも合致する」

「それはそう、だけど……なら、動機は？」

なぜ、副隊長《ロウ》が隊長《デラクレス》を殺さなければならないのか。思い当たる節に当たって、テオドアはそれ以上なにも言えなくなってしまった。

言葉を詰まらせたテオドアに追い打ちをかけるように、ルドガーが口を開く。

「君が審問官として着任してから、どれほどだ？」

「二週間だけど……それがなんだよ、ルドガー」

「言葉を改めたまえ、オラニエ上級審問官。たかが二週間で、我々のなにがわかる。第三部隊副隊長のなにを知っている。噂もなにも知らないであろうオラニエ上級審問官に親切心から教えてやるが、団内では第三部隊副隊長が自分の隊長の命を狙っている言動や、実際の演習中に不意打ちで襲いかかるなどの問題行動が多数見受けられている。間違いないな、レメク隊員？」

「間違いない。ロウは副隊長の身でありながら、隊長の命を狙って何度も襲い掛かっていた。演習中も、実践時も。何度も隊長に進言したんです、ロウは副隊長にふさわしくない、と。……クソッ、隊長……」

レメクは憎々しげにロウを睨み、その無抵抗な胸板を叩く。冷たい床に横たわる物言わぬデラクレスを見る余裕もないらしいレメクから言質を得たルドガーが、テオドアに向かって勝ち誇ったように胸を反らした。

「そういうことだ、オラニエ上級審問官。よって――」

「わかった、わかりました！　……降参だ、分が悪い」

「本当にわかっているのか？　とにかく、現時点では逮捕が妥当であるとしか言えない。

オラニエ上級審問官、君の出番はもうない。審問局へ戻って報告書の作成をしたまえ」

ピシャリと拒絶するルドガーの言葉に、テオドアは鋼鉄の壁を幻視した。

ルドガーが言うように、状況的に、ロウが一番怪しい。

ロウは確かに言っていた。テオドアはその耳で確かに聞いた。デラクレスを殺害するまで死ぬわけにはいかない、と迷いなく吐いたロウの言葉を。

ロウには、デラクレスに届く剣技がある。殺せる実力もあるだろう。動機と証言が揃った以上、もっとも怪しいのはロウだ。

それだけじゃない。犯行に使われた毒物の入手先を、テオドアは知っている。深淵の森の遺跡の塔から押収したネルウス魔障水銀を、ロウが衛生局に持ち込んでいなかったのなら。

ロウだけが犯行可能な条件を揃えていた。

けれど所詮、状況証拠と証言のみ。それだけだったなら、ルドガーも慎重になっただろう。結局、駄目押ししたのはテオドアだ。テオドアが魔術で視た、犯人の顔。

だけど魔術で視た犯人の顔には、ところどころノイズが走っていた。デラクレスや犯人の会話も、聞き取れない箇所があった。

死後四時間を過ぎていない新鮮《フレッシュ》な遺体だったのに。

いくらネルウス魔障水銀が中枢神経を冒したとしても、あり得ないことである。やはりノイズ混じりの記憶が怪しい。

それに、ロウは本当にネルウス魔障水銀を使ったのか。いつ、小瓶《アンプル》を割ったのか。ロウがデラクレスに刃を突き立てるなら、必ず正攻法で殺すだろう。だからテオドアはロウに毒を預けたのだ。ロウは決してネルウス魔障水銀を使わないだろう、と。デラクレスの手紙を覗く機会をふいにした誠実な男が、毒物など使うわけがない、と。

裏切られたのか。あるいはテオドアの判断が間違っていたのか。くそ、冗談じゃない。おれの魔術が決め手になって、捜査や聞き取りを省略されるなんて、あってはならない。けれど、とテオドアはギリリと奥歯を噛み締めた。けれど、きっと、これ以上は取り合ってもらえないだろう。ロウだって、抗うことなく素直に連行されたのだから。そして、ロウが連行されることに、誰も異を唱えるものはいない。テオドアだけが違和感を抱えて、歯痒い思いをしているだけ。

本当にこれでいいのか？　――テオドアが抱える苦い過去が、そう問うた。助けるべきではないのか？　――心臓の裏側が熱く燃えている。

けれどテオドアは、無意識に自分の口と身体とを施錠《ロック》する。なんの用意も手立てもなしに、立ち塞がる鋼鉄《ルドガー》の壁の決定を変えることはできないから。それだけルドガーの壁は厚い。

口を閉ざしたテオドアは、もう用済みだ。捜査官の関心を失ってしまった、ということだから。騎士団の中で魔術士の立場は弱い。説得すらできないのなら、方針を変えることともできないのならば、ここにいても仕方がない。

それはつまり、テオドアの上級審問官としての敗北を意味していた。

×　×　×

「……と、言うわけなんです。どうにかなりませんか」

納得のいかない結果を抱えて戻ってきたテオドアは、執務室に入るなり、執務机《デスク》に座って書類と格闘している上司《ボス》ジルド・クレバスに向かって、そう訴えた。

ジルドは、色付きレンズが嵌めこまれた眼鏡をかけた顔を心底嫌そうに歪めると、長くて深い息を吐きだした。そうして、翡翠色の万年筆をするすると滑らせて確認していた書類にサインをすると、もう一度深いため息を吐く。

「お前がどうにかならんのか。……いつもいつも厄介ごとを持ち込んでくるのはなんなんだ。現場で食い下がってこい、持ち帰って俺に泣きつくな、あらゆる権限を事前に確保しろ、といつも言っているだろうが。それか、もっと部下らしく、可愛くお願いをしろ」

ジルドはそう言うと、柔らかく長い紫がかった銀の髪に縁取られた美貌を嫌気に歪ませて、苛立たしげに五本の指をすべて使って机を叩きだした。リズミカルに鳴る硬質な響きは徐々に速くなる。それはまるで、華麗に鍵盤を叩いているかのよう。

不機嫌を主張しているように見えるジルドのそれは、不満や機嫌の悪さの体現ではない。

どうすればいいのか深く速く思考しているときの癖。頭の中で何度も何度も計画《プラン》を試行して、最善を弾き出すための儀式。ジルドのこの癖が出たとき、テオドアのお願いが通らなかったことはない。

だからテオドアは、謝らない。申し訳なさそうにもしない。むしろ甘えるように堂々と、唯一頼れる上司に縋る。

「おれだって、好きで厄介ごとを持ち帰っているわけじゃあないんですよ」

「持ち帰っているだろうが。お前、俺が渡した護符《タリスマン》はどうした。あれが砕けるような厄介ごとに首を突っ込んでおいて、よく言う」

「あー……違いますよ？　それとこれとは別の話ですって。……いや、別の話なのか？　ともかく、事故は事故、事件は事件じゃないですか」

「……どうにかしてほしいのは、事件のほうだけなんだな？」

「そうです。……今回の担当捜査官がルドガーだったので。おれには手に負えなくて」

テオドアはあっけらかんと笑って告げた。

ルドガーは捜査官として優秀な男である。騎士団の中に魔塔の魔術士を引き入れる胆力がある。ほんの数回、反目しながらも協力して狩りをしたただけのテオドアを覚えていて、審問官として指名するだけの度胸もある。

ルドガーが前線で活躍する騎士ではなく、後方支援職のひとつである捜査官になるまでの間に、なにがあったのか。それはテオドアの預かり知らぬところではあるけれど、ルドガーは騎士であるのに魔術士を使うことを忌避しない。

大抵の騎士は、魔術士を遠巻きにするか嫌悪する。騎士であるか、魔術士であるか、ということに重点を置かない、というのは騎士の中でも珍しい。かといって、区別がないわけではなく、人材配置がさりげなく上手い。

そしてテオドアは、役割を果たしてくれれば何者でも構わない、というルドガーの姿勢に、実はほんの少しだけ慰められている。騎士団の中にいる魔術士という存在は、多かれ少なかれ常に肩身の狭い思いをするものだから。

けれど、ルドガーに抱く感謝だとか尊敬だとかいうふやふやした好感度は、厄介な事件が絡まなければ、という話。

今は、違う。事件解決主義者であるルドガーは、事件が絡むと鬼畜になる。テオドアも二週間前に着任したその日に、ルドガーに散々振り回されてこき使われた。

「あいつは事件のことになると途端に融通が利かなくなるので。公平で公正ですけど、その分しっかり納得させないと動かないんですよ」

「融通が利くとか利かないとか、柔らかいか硬いか、という話ではない。ルドガーが捜査官なら、お前がきちんとあいつを納得させられる根拠を挙げられなかったのが悪い」

「……そう言われると、返す言葉がありません」

「それよりもお前、私情を挟んでないか？」

問われたテオドアの身体が、ギクリとこわばった。完全に反射で、無意識だった。

「私情を挟むだなんて、おれがですか？　はは、冗談はやめてくださいよ」

「それにしては熱心じゃないか。第三部隊副隊長といつ顔見知りになったんだ？　お前のその世話焼き具合は、知り合いにしか適用されないはずだ」

「そんなことありませんて。仕事に私情を挟んだことなんてないですよ、おれ。……まあ、ロウ副隊長は今朝、ちょっと一緒に冒険をした仲というか……なんというか」

「ほらな。その知り合いが、無実の罪で囚われているのが気に食わんのだろうが」

「ありえません。それだけは、ない」

私情を挟む余地などないのだ、と弁明すればよかったのに、テオドアはできなかった。

ロウが置かれた状況は。弁明の機会すら与えられず、噂されているだけの動機、それから状況証拠によって犯人扱いされているこの状況は、だめだ。テオドアとしては、誰がなんと言おうとも認められない。

状況証拠だけで一方的に加害者にされるなんて。たとえロウが本当に犯人であっても、それだけはだめだ。審問官として、それだけは譲れない。

過去、テオドアが一方的に犯人にされた日の苦みが、話を聞いてもらえなかった怒りが、掘り起こされて沸き上がる。

テオドアの心臓の裏側がぎゅうと痛んだ。締めつけられるような息苦しさと、喉の渇き。

忘れようとしても忘れることのできない過去が、良心を苛んでいる。

テオドアは拘束されたまま静かに怒るロウの姿を思い返した。

あれは、言いたいことがあるのに言えなかった人間の顔だ。言葉を奪われ、無実であると訴えることができなかった人間の。誰も話を聞こうとせずに、弁明の機会を奪われた人間の怒りと悲しみ、そして絶望と諦めが滲んでいた。

ロウがなにかを訴えたいのなら、自分がどうにかしてやらなければ。たとえ訴えることがなくても、冤罪だけは避けなければ。それがテオドアの仕事だから。そう、仕事だ。仕事なのだから。テオドアは胸の奥のさらに奥の方で、己の仕事の本質を再確認して刻み込む。

胸の最奥では、仄暗い執念の焔がチラついていた。誰の焔でもなく、テオドア自身が持つ焔。過去と怒りと過ちを火種にして燃える暗い焔。

「まだ過去を引きずっているのか？」

ため息混じりに問いかけるジルドに、テオドアはとぼけて笑った。

「……なんのことです？」

「まあいい。死者に対して記憶参照魔術を使った後の疲労した頭で、あいつが納得する根拠を提示しろ、というのは少々酷な話だったな」

すっとぼけたテオドアに、ジルドがため息を吐く。テオドアの過去と性格と信念を理解しているジルドは、きっと深く突っ込んでこない。私情が入って捜査に支障をきたすようならば、別だけれど。

ジルドがテオドアをジッと観察しながら執務机に両肘をついて指を組み、数十秒。沈黙と思案の刻を過ごしたのちに、口元を覆い隠してボソリと告げた。

「仕方がない、ルドガーの言い分は筋が通っている。あいつは優秀な男だ。ぼやけた頭で太刀打ちできる男じゃない。……アレは幹部候補だからな」

聞かせる気があったのか、それとも単にテオドアの耳が良すぎたか。ジルドの呟きを拾ったテオドアは心底驚き、そして同時に胸が躍る。

「え、そうなんですか？　初耳ですけど」

「そりゃそうだ。誰にも言ってないし、ただの勘だ」

「ボスの勘なら、確実じゃないですか。……へぇ、そうか……そうなんですか」

テオドアは顰め っ面をしたルドガーが幹部に押し上げられる未来を想像して、思わず声を弾ませた。自分のことではないし、ジルドの勘でしかないのに、少しばかりくすぐったい。立場や仕事上、反目することもあれど、知り合いの未来が明るいというのは、気分がいい。

「ルドガーは騎士のくせに、魔術士と協調できる奴だからな」

「……そのおかげで、こき使われてますけど」

「エレミヤの騎士でありながら、魔術士を顎で使う。そういう奴は組織の上のほうで重宝されるんだよ」

「なぜです？　騎士サマ方は魔術士がお嫌いのはずじゃ？」

「そりゃ、エレミヤ聖典騎士団の上層部……総長に近い第一階層の奴らのほとんどは、魔術士か魔術も使う騎士で構成されているからな。……誰にも言うなよ、極秘情報だ」

ジルドの話を聞いて、テオドアはなるほど、と膝を打つ。騎士団の上部組織は聖典教会であるし、騎士団の上層部が魔術士を擁しているならば、ルドガーが幹部候補に上がる理由も頷ける。

それと同時にテオドアは、けれど、とも思う。

けれど、騎士団の内部で、魔術士は異端だ。そういうことになっている。騎士団の不文律とか、そういう話だ。

いくら魔術士によって運営されている騎士団である、という事実があっても、それが隠されている以上、魔術士のテオドアが、現場でまともな扱いを受けるなんてことは、ない。

騎士団内部の事件捜査を行う『審問官』という役職を得ていても。

魔塔から派遣されたジルドとテオドアは、騎士団にとっては部外者と同じもの。ふたりが騎士団から割り当てられた役目は、団内で揉め事や争い、事件などが発生した際に第三者的な立場で調査を進める審問官という役職だけ。

テオドアは二週間前、着任早々ルドガーに記憶参照魔術の存在を知られてしまったから、審問官の仕事に加えて魔術士としての仕事も請け負っているけれど。

それは当然、表向きの事情。裏向きの本音はこうだ。

魔塔は若いのに有能優秀で政治もできる魔術士や、厄介な魔術を積極的に開発して使いだすような魔術士を塔から追いだしたかったし、騎士団は身内を庇って虚偽の報告をするような不正の温床となり得る機関ではなく、公平公正な振る舞いをする組織を騎士団内に持ちたかったから。魔塔と騎士団の利害関係が一致したに過ぎない。

　そこへルドガーの事件解決主義から来る人材引き抜き《スカウト》が加わって、テオドアは今、ここにいる。

「……まあ、いい。お前の持ち込んだ厄介ごとをどうにか処理するのが俺の仕事だ」

　ジルドはそう言うと、ふう、と短く息を吐いた。

　どうやらジルドの中で各種算段がついたらしい。黒い革張りの椅子の包容力がある背もたれにゆったり身体を預け、血色のいいくちびるをニヤリと吊り上げる。

「テオ、お前の望みはなんだ？」

「違和感の正体を知ること。おれは真実を白日の元に晒したい」

　テオドアはジルドの問いに即答した。

　果たしてロウは、本当にデラクレスを殺害したのか？

　それだけじゃなく、ノイズ混じりであやふやで、よくわからない違和感をなくしたい。

　このままではパズルのピースが欠けたまま。未完成のパズルは気持ち悪くて、放っておけない。なによりも、第三部隊隊長にして剣の天才デラクレスの最期、という物語を完璧なものに仕上げたい。

　そんな欲望まるだしの答えに、ジルドは笑うでも呆れるでもなく、頼もしい上司の顔で力強く頷いた。

「わかった。お前に全面的な捜査権を与えるよう、俺のほうから警察局局長に話を通しておこう。……まあ、取れて二日だな。それ以外のルドガーとの個別交渉はお前に任せるが、くれぐれも無茶な要求はしてやるなよ」


その翌日。

調整をかけるから明日の朝に警察局へ顔を出せ、というジルドの指示を受けたテオドアは、有能優秀な上司の言葉に従って明朝九時ぴったりにルドガーのもとへと足を運んだ。

宣言通りジルドが、二日の猶予をもぎ取ってきたから。感謝こそすれ、どうやって取ってきたのか、は聞かないことにした。それを聞くのは野暮であろう。

テオドアは審問局がある東棟から中央棟を経由して、西棟にある警察局に顔を出す。局員たちは忙しそうに書類仕事や小会議を行っている。テオドアへの指示を泥人形《ゴーレム》による伝言によって簡易的に伝えてきたジルドとは大違いだ。

「審問官殿、おはようございます。ルドガーさんをお呼びしましょうか」

警察局の受付でテオドアに声をかけてきたのは、カルレだった。

丸い輪郭、華奢な腕。細い首と、長い脚。初夏だというのに余分に羽織ったコート。確かにカルレは男性に見えるのに、テオドアは直感的に違和感を覚えた。明るい場所でカルレを見るのははじめてだ。だから違和感を覚えたのだろうか。

テオドアは自分の第六感を信じて一度目を瞑り、ゆっくりと開けた。目を開けてから視える世界は、それまで視ていた世界とはまるで違う別世界。

テオドアに視えるのは、ひとが持つ生命の輝き。魔力の爪痕。流れる軌跡。テオドアの目は、誰がどのような魔術を使ったのか、という魔術の痕跡を色として視ることができるから。

テオドアがカルレをジッと見る。カルレを取り巻く魔術の痕跡——魔術痕色が、暗い桃色に輝いていた。魔術を使えないはずの騎士が、まとっていていいものじゃない。

「……君、もしかして」

「しっ。大きな声で言わないでください」

カルレが声を潜めてテオドアを睨む。彼は、いや、彼女は性別を偽って騎士団に入団した女性騎士だった。

騎士団員は、根本的な体格や体力、腕力の関係で男性が多い。女性騎士がいないわけではないけれど、男性ばかりの閉鎖的な社会で女性が暮らしていくのは難しい。それ故に、カルレは性別を偽る魔術を使っているのかもしれない。

カルレは真剣な眼差しでテオドアに囁いた。

「警察局には他にもいますよ、姿眩ましや視界改竄の魔術を使って勤務する女性騎士が」

「それ、おれは把握していないなぁ。……無申告？」

「見逃していただけませんか。騎士団は男性社会なんです」

「それでも、しがみつきたいほど魅力的なんだ？」

「信仰者を守るはずの騎士の不正を取り締まる――こんなに魅力的な仕事はありません」

胸を張って堂々とのたまう彼女の姿は、どこか仄暗い眩しさを感じるものだった。

騎士は、はじめから騎士なのではない。

生まれてくるときに身に宿した魔力を、魔術として放出するのが魔術士で、内循環させて物理力に変換して使うのが騎士である。騎士は魔術士に対抗するため、魔女の祝福を自らの意思で拒絶することによって、魔術を防ぐほどの力を得ている化け物だ。

そんな騎士の中にあって、魔術を取り入れる試みを行う騎士は、少なからずいる、ということ。あるいは、そうしなければ生き残れない事情があるか。

カルレはどちらであろうか。彼女はニコリと笑みを浮かべて言った。

「警察局は、後方組織です。だからこそ、魔術を取り入れるべきです」

「うーん……君も前方部隊からの左遷組？」

「いいえ。ルドガー捜査官や他の方のように、積極的に魔術を取り入れた結果、供犠《サクリファイス》による影響で弱体化し、前線を担う攻撃的な部隊に所属できなくなった……というわけではありません」

「だから供犠による影響が出ても、問題ないと？」

「はい。私が自分の意思で選んだことです、後悔はありません」

「そうだとしても、無申告はいけないなぁ」

無申告での魔術の使用は、騎士団の内部統制規範によると重罪で、よければ追放、悪ければ重い処罰が待っている。

それが露顕したら困るのはカルレだ。

「供犠の影響が君の生命を脅かしてからじゃ救えないからさ。使える術式は偽っていいから、申告しておくことをおすすめするよ」

テオドアはカルレだけに届く囁きで助言すると、すぐに思考と話題を切り替えた。

「ところで、牢獄に繋がれた第三部隊副隊長は、なにか喋った？」

「いえ。ロウ副隊長……いえ、ロウ容疑者は、ルドガー捜査官が一晩かけて尋問を行いましたが黙秘を貫き通しました」

「そっか。黙秘か……ルドガー相手に、黙秘、ね。根性あるね、さすが副隊長」

「まるで自ら罪を被りたいかのようでしたよ」

彼女はしれっとした顔で、そんなことを言った。ルドガーの尋問に同席していたのだろう。テオドアは彼女の考えを探るように淡褐色《ヘーゼル》の眼をきらめかせて囁いた。

「君、ルドガーが下した判断を盲信してるわけじゃないんだ」

「ルドガーさんは第三部隊絡みとなると、途端に目が曇るので」

「そうなの？　へぇ……君、ルドガーのこと、よく見てるね」

テオドアが顎をさすりながら感心していると、テオドアの姿を見つけたらしいルドガーが、損なわれた機嫌を隠しもせずにテオドアのもとへ駆けつけてきた。

「なにか御用でしょうかね、上級審問官殿？」

ルドガーは言葉の端々に氷の棘をまとわせて、慇懃無礼にそう言った。

眼鏡の奥で深緑の眼に薄氷色の灯が光っているけれど、無意識だろう。彼もまた、魔術を使う騎士だから。昔と比べて魔術士を忌避しなくなったルドガーは、魔術士を理解するために魔術も使う、ことにしたらしい。それを馬鹿正直に申告した結果、警察局に飛ばされてきた、というわけか。

「機嫌が悪いようだが、どうかしたのかルドガー」

「どうもこうも、オラニエ上級審問官殿とその上司殿のお陰でこうなっている。知らないとは言わせない」

鶴の一声という理不尽な圧力によって、自身の捜査を中断させられたルドガーは、氷点下並みの冷気をまとっていた。そのせいで彼の同僚たちは初夏になろうという季節だというのに、みな厚着をしている。

警察局内の冷えた空気に、テオドアは思わず目を見張った。冷房魔術要らずだな、と。口にしてからかわなかったのは、そんな軽口を言える雰囲気ではなかったから。氷雪の空気をまとうルドガーは、真夏以外は近づきたくはない。テオドアでさえ、そう思うほどの凍てつく寒さ。

「ルドガー、犯行に使われた毒物は、やっぱりネルウス魔障水銀だったのか？」

「ああ。昨夜遅くにエジェオ救護員から報告があった。使用されたのはネルウス魔障水銀で間違いないそうだ」

「騎士団に毒物を管理している部屋かなにかあるのか？　それこそ、エジェオ卿が所属している衛生局の薬局なんかに」

「それはない。ここは魔塔じゃない。連盟でもない。騎士団だ。必要最低限の薬物しか置いていない。衛生局にも確認したが、ネルウス魔障水銀の取り扱いはない」

ルドガーは険しい顔でそう告げた。無意識に冷気を放出してしまうほどの機嫌の悪さ。一晩かけてもロウから自白を得られなかった苛立ちか、それともジルド経由で警察局の上司からかけられたストレスのせいか。

ルドガーの魔力は上手く循環させることができずに、氷の結晶となって漏れていた。そう、雰囲気だとか空気だとか、そういうふんわりしたものではなく、実際に魔術現象として警察局内に氷雪が舞っている。

とにもかくにもテオドアは、にこりと最上級の微笑みを浮かべた。もしかしたら、ニンマリ、だったかもしれない。そうして、不機嫌の雪嵐と化したルドガーに全然無茶ではない要求を告げるのだ。

「ルドガー、話は通っているな？　早速だけど、ロウ副隊長が収監されている独房と、縛めに使っている拘束具の鍵をくれ」

ガチャリ、と金属同士が噛み合う音が響いて、黒鋼鉄製の格子扉が解錠された。

ルドガーから借りてきた鍵をなくさないよう長衣《ローブ》のポケットにすぐさましまい、テオドアは格子に手をかけた。

指先に冷たさを感じながら、ゆっくりと開く。意外にも錆びた音は響かなかった。するりと滑らかに開けられた扉の隙間へ身をくぐらせて、暗く狭い牢内へ足を踏み入れる。

「……誰だ」

一歩も踏み出さないうちに、掠れた低い声が湿気った空気を震わせた。テオドアは、思わずゴクリと唾を呑む。

天井、床、それから壁を頑丈な岩石で囲われた独房。唯一、格子扉がある側面だけが開放的で、鉄格子によって透けている。

騎士という生き物は、物理力に秀でている。というのは、過小評価的な表現で、暴走して手がつけられなくなり、災害級指定された魔術士を屠る力や、粛清討伐対象である〈獣〉以上の攻撃力を有している。

対災害級あるいは、対多の不利な状況であっても、勝利を得る力。それはロウが遺跡の前で行った〈獣〉殲滅戦で証明されている。

だからこそ罪を犯した騎士を捕らえておかなければならない牢獄は、簡単に脱獄できないよう中央棟の地下に造られ、手足を振り回せないよう狭くなっている。この地下領域では、基本的人権は泡となり消える。

廊下に立てかけられた灯《あかり》用のオレンジ色の火が、捕らわれたロウの姿をチラチラと浮かび上がらせていた。

第三部隊副隊長ロウは、まだ容疑者ではあるけれど、実質的な犯人として収容された。

罪人らしく両手両足を鎖で繋がれ、その鎖は岩壁の高い位置に埋め込まれた吊鉤《フック》にかけられている。両腕は中途半端に吊り上がり、両脚は股を割るよう開かれて膝をつかされる、という自由や尊厳の欠片もない体勢だ。

そんな状況でもロウは腐っていなかった。目の下に酷い隈があるものの琥珀の瞳は力強さを保っていたし、夜の藍色をした短い髪は汗と埃でヘタっていたけれど、それだけだ。

心身ともに疲労はしている。けれど頭はいたって正常で、むしろ冷静ですらある。だからロウは、牢内へ侵入したテオドアに吠えたり噛みついたりはしなかった。そんなことをするようにも見えなかった。

そこはさすが副隊長、といったところか。などと感心しながら、テオドアは暗闇でにこりと業務用の微笑みを浮かべて腰を折る。

「また会いましたね、ロウ第三部隊副隊長。まだ名乗っていませんでしたが、おれの名前はテオドア・オラニエ上級審問官です」

「審問官か……」

「大人しく拘束連行されてましたよね、昨日。どうして言い訳をしなかったんですか？」

ロウが憮然とした顔を晒したまま、肩を落として息を吐く。

その姿を見たテオドアの胸の内が、虚しさで満ちてゆく。ロウもまた騎士なのだ、と。

騎士は皆、魔術士が騎士の根城でなにもできないと思っている。か弱く無力で、彼らの慈悲と理性と気まぐれによって生かされている生き物である、と。魔術士の生殺与奪の権は、騎士が握っているのだ、と。

ロウはしばらく無言で暗い床を見つめていた。テオドアも右にならえで口を施錠《ロック》する。沈黙が五秒。それから口を閉ざし続けて、三十秒。どちらも口を開こうとしない。根比べに負けたのは、意外にもロウだった。ロウの答えを待ち続けるテオドアに、ついに折れて口を開いた。

「なんの用だ？」

「ロウ副隊長に面会を。場合によっては外へ出します」

「……外へ？　釈放ということか？　隊長の葬儀はどうなっている？」

頭上に疑問符を浮かべたロウが身じろぎするのに合わせて、彼を拘束している鎖がジャラリと揺れた。その不快な音を聞きながら、テオドアはゆっくりと首を振る。縦ではなく、横へと。

「残念ながら、そこまでは。でも、出られますよ。おれに協力してくれたなら」

「はっきり言え。俺は考える担当ではない」

「ああ、そういうのは隊長の仕事でしたか」

悪意はないけれど、わざとらしい揶揄をこめた言葉をテオドアは遠慮なく投げつけた。

当然、ロウは口を噤《つぐ》んで長く沈黙する。

ぎゅうっと噛み締められたくちびる、口の端から滲み出た赤い血。ロウは鎖に繋がれたまま暴れることもなく、流血するほど燃え上がった激情を押し殺していた。

頬には乾いてこびりついた血痕。指先や漆黒の隊服にも染み込んだまま。ああ、これは確か、デラクレス隊長の。テオドアは黙ったままのロウを、じっくり観察する。

呼吸をひとつ、ふたつ。ロウと幾ばくか距離をとっているテオドアの耳が捉えることができるほど大きく吐いて、それから吸う。

それを、二回。そうしてロウからギリリと奥歯を噛み締める音がした。

「……、……そうだ」

ロウは無理矢理絞り出したような枯れた声で、眉間に思い切り皺を寄せて首肯した。彼の目はテオドアを見ていない。もう失われて二度と戻らない過去を向いていた。

後悔ばかりのロウが見せたのは、理性的な素振りだ。テオドアが甘い考えでロウの感情を揺さぶろうとしたというのに、苛つくどころか認めるなんて。

だからこのひとは、第三部隊副隊長を務めることができたんだ。と、テオドアの胸の内でなにかがストンと腑に落ちた。

そうして、騎士という生き物に抱いていた一方的な固定概念からくる警戒心だとか嫌厭《けんえん》感だとか、そういうものをスルリと解いて、テオドアはロウに向き合った。

それはつまり、遠慮なく疑問をぶつける、ということ。

「ロウ副隊長がデラクレス隊長の命を狙っている言動や、実際の演習中に不意打ちで襲いかかるなどの問題行動をとっていた、というのは事実ですか？　おれが見聞きしたロウ副隊長の姿が、すべて真実だった？　だから言い訳をしなかった？」

テオドアが煽っても理性的な返しをしたロウのことだから、否定が返ってくるだろうと期待した。

そう、期待。そして、希望的観測からくる期待は、たいてい裏切られるものだ。だからテオドアは、自分が抱いた期待に秒で裏切られた。

「残念ながら事実だ」

「マジかよ」

テオドアはロウから返ってきたあっけらかんとした肯定に、思わず素でそう返した。そうして、左手で額を押さえて顔を顰めながら小さく呻く。

なんでだよ、そこは否定してくれ。あの殺意が本物で、本性だって？　感情の爆発を抑え込めるくらい理性的なんじゃなかったのかよ、と。思い通りにいかない現実に眩暈がする。

「……失礼。思わず、素がでました」

テオドアは短く謝罪すると、思考を切り替えるために息を吐く。

「はぁぁぁ、どうしよっかな。視るのが一番早いんだよな。でもなぁ……まだ生きてるし、さっき隊長の記憶参照したばっかりだしな……」

言って、テオドアは首の後ろをガリガリと掻いた。テオドアの言葉に反応したロウが身じろいで、鎖がじゃらりとなる音と、ハッと息を呑む音を聞きながら、ぐるぐると頭を回す。手っ取り早く魔術を使えばいいのだけれど、それができない事情がある。

あの魔術は絶対に連続使用をするな、と同期の医療魔術士《ドクター》が言っていた。けれど、無理に使おうと思えば、まあ、それなりに使えることを、テオドアは知っている。

新しい魔術を開発した場合、良心的で研究熱心な魔術士ならば、大抵は耐久負荷試験を行う。テオドアも、そう。もちろんやった。

連続行使はどのくらいできるか、魔力消費量はいくらか、こめる魔力の最大値はどこまでか、副次的効果あるいは作用があるのかないのか……など、自分以外が使用した場合に注意すべき点を周知する必要があるから。

正式名称はまだ決めていない記憶参照魔術を開発した際にも、当然試験は行った。行った結果、心身への負荷が高いことがわかったし、共同開発者である医療魔術士《ドクター》からは、オレのいないところで連続行使は絶対にするな、と口を酸っぱくして言われたのだけれど。

どうしようか、こうしようか。と悩んでいると、鎖をガチャガチャ揺らしながら、動揺に声を震わせたロウが叫んだ。

「おい、審問官。隊長の記憶と言ったのか!?」

「うるさいな、こっちはこれからどうするか考えてんですよ」

「!?」

拘束されている騎士など、恐れることはなにもない。そんなことよりも、今まで考えていた思考の塊が散り散りになってしまって台無しだ。思考を中断させられたテオドアは不機嫌に顔を歪めて一瞥すると、一度ため息を吐いた。

　そして、機嫌の悪さを隠しもせずに投げやりに言う。

「……ああ、記憶の話ですか？　おれの魔術で視ただけですよ」

「……なに？　それなら」

「ですが、万能ではないんでね。こうしてあんたの顔見て話して……まあいいや」

　言いかけてやめたのは、話しかけた説明をやめたから、というわけではない。テオドアが、自身の言葉遣いの悪さを自覚したから。

　だから、深呼吸を二回。吐いて、吸ってを繰り返す。

　冷静さを取り戻したテオドアは、いくら今は容疑者で牢に繋がれているとしても、相手は副隊長だ。もう少し敬意を払うべきか、と数秒だけ思案して、結局やめた。

　すでに幾らか不敬を重ねているのだ。ロウが礼節を重んじるタイプなら、一言二言なにか言われていなければおかしい。それがないのだから、多分、きっと、問題ない。

　テオドアは気持ちを切り替えて、険しさと疲労が滲むロウの顔を真正面からジッと見る。

「ロウ副隊長。おれはあんたがデラクレス卿を殺すところを視ました。その上で聞きます。……あんたは殺してませんね」

「審問官、その質問は矛盾しているが」

「わかってます。でも、あんたじゃないでしょ」

不躾な物言いで言い切るテオドアに、思わずといったさまでロウが、ふ、と笑った。

「俺は隊長を殺してない。殺しそびれたただの間抜けだ。いっそのこと、俺が殺したことにしてしまいたい」

「……あんたが肯定した噂と矛盾しますけど？」

「わかってる。それでも俺じゃない。俺が演習場で隊長を見つけたときには、もう……」

そう言ってロウは項垂れた。どのような表情をしているかは、テオドアにはわからない。俯いた夜色の頭は旋毛《つむじ》を見せているから。

吐いて、吸って。また吐いて、吸う。テオドアはふた呼吸分の沈黙を、悲しみか悔しさか、あるいはもっと別の感情かに揺さぶられ身体を震わせているロウと、今は亡きデラクレスへ捧げた。

それからすぐに「では、」と切りだして、テオドアは繋がれたロウの目の前まで歩みを進める。背中の後ろに隠した手で、腰に吊り下げていた小鞄《バッグ》の中を漁りながら。

そして、にこりと仕事用の笑顔を貼りつけて口を開いた。

「おれの方針を言います。おれはあんたを全面的に信じることはできません。動機も手段も揃いすぎている。怪しくて逆に信じられないんです」

「だろうな」

「今はあんたの味方みたいな真似してますけど、審問官なので。でも、多分、あんたは殺してない。殺してないんだ。……けれど、あんたが殺す場面《シーン》を、おれは視た」

そこで一旦、テオドアは言葉を区切る。少しばかり感情的になってしまったから。

デラクレスの記憶を視てから、どうにもおかしい。つい、ロウに肩入れしてしまう。引きずられているのだろうか。それにしたっておかしい。記憶参照魔術は、その名の通り記憶を参照するけれど、思考や感情には触れられないのだから。

やはり、ロウが置かれた状況が、テオドアの心の一番柔らかい部分に押し隠した過去の状況と似通っているからだろうか。いや、そんな感傷的な理由なんかじゃない。そんなことは、決してない。

テオドアは気持ちを切り替えるように、あるいは誤魔化すように咳払いをひとつして、小鞄《バッグ》を探ってあるものを取りだす。そして、それを後ろ手にぎゅっと握りしめながら、仕事用の微笑み《ビジネススマイル》を浮かべ直して話を続ける。

「なので、その矛盾を解消するところからはじめます。……その最初の手順として、まずはこれを」

そう言って、握りしめていた首輪を素早くガチャリとロウの首へ嵌めてしまった。

「……なんだ、コレは。俺に犬になれと？」

と言って首を傾げるロウの顔には、皮肉の笑みが浮かんでいた。

首輪を嵌めた者として説明をする義務が発生したテオドアは、仕様書を読み上げるかの如く丁寧な棒読み口調で答えを返す。

「逃亡防止用の首輪です。おれからある程度離れると、かなり強烈な麻痺がかかります。

おれを殺そうとしても麻痺します。その代わり、この牢から出られます」

「……コレを遠慮するというのは？」

テオドアは、ロウを拘束する鎖を、ルドガーからほとんど強引に入手した鍵で外すと、引き攣った顔で問うロウに向けて首を振る。

縦ではない。大きく、ゆっくり、勿体ぶって、横へと。そうしてテオドアは、とてもいい笑顔を浮かべて朗らかに告げた。

「もうつけちゃいましたし、無理ですね！」

——と。

第三章　自由と隷属、あるいは焦燥

そういうわけでテオドアは、中央棟地下の上級騎士を拘束するための専用牢獄からロウを連れ出すことに成功した。

半日以上、光の乏しい地下牢に押し込められていたせいか、地上に出たロウが太陽の眩しさに目を細めている。ルドガーの尋問が余程厳しかったのだろう。黒衣の隊服は薄汚れ、ところどころ埃や砂で白くなっている。

それでもロウは、背筋をピンと張って堂々としていた。罪人扱い故に帯剣はしていないけれど、素手でも魔術士を仕留められそうなほど。これが騎士か。と感心しながら、テオドアも背筋を伸ばす。

「これから東棟の審問局へ向かいます」

エレミヤ聖典騎士団内で一番安全な場所は、ジルドのいる審問局だ。ジルドは『個人要塞』と呼ばれるだけあって、本拠地と定めた領域を防護する魔術に長けている。彼の側にいれば、ひとまずは安全だから。

テオドアは、無言で頷くロウを見て眉を顰めた。明るい陽の下でよく見れば、ロウのくちびるは乾いているし、心なしか肌も張りがなく萎れている。これはいけない。

「それはそれとして、あんたはコレを食べるべきです」

テオドアは、長衣のポケットから一本の携行食を取り出してロウに差し出した。味は基本のプレーン。万人受けする味である。それなのにロウは、携行食とテオドアの顔とを交互に見るばかりで一向に受け取ろうとしない。

「……それを食え、と？」

ようやくなにか言ったかと思えば、これだ。ロウが携行食によい印象を持っていないことは、知っていた。けれど、けれどである。けれどその言い方はないのではないか。テオドアは思い切り息を吐き出した。

「昨日の夜から食べてないでしょ。あのルドガーが尋問対象に食事を取らせるような優しさを見せるとは思えないんで。もしかしたら昼も食べてないいんじゃないですか？」

「確かに昨日の昼からなにも口にしていないが……」

「だから、どうぞ」

「………」

「ちょっと。なんでそこで躊躇うんですか！」

叫んだテオドアは、ロウの手を掴んで携行食を強制的に握らせた。押し返そうとしてくるロウの手からするりと逃げて、二歩ほど距離を取る。

「いいからあんたは、ソレを食べる！　もー。あんたは罪人で、おれは保護責任者なんですよ。あんたを連れている以上、おれ達は中央棟の激うま食堂には入れないし、東棟の審問局に避難するのが最適解なんです！」

「それならなぜ、俺を牢から出した」

「おれの勘が、ロウ副隊長は犯人ではない、と告げたから」

テオドアは端的に告げて、ロウの琥珀色の目をまっすぐ見つめた。

そもそもの話、魔術士にとって騎士という生き物は天敵だ。

それだけじゃない。テオドアが連れて歩いているロウは首輪つきとはいえ、デラクレス隊長殺人事件の容疑者だったし、ロウが犯人ではないと思っているのはテオドアだけ。ルドガーも彼の同僚たちも、あの現場に関わっていた騎士はみな、ロウが犯人だと信じている。

全然、これっぽっちも、安全じゃない。安全なのは、審問局の中だけだ。だからテオドアは、安全地帯である審問局へと急ぎたかったから。

「あんたには確認したいことが山程あるんですよ。誰かに奪われる前に確保しないと」

と、ロウを先導するように前に立ち、足を踏み出し歩いてゆく。

審問局がある東棟へ向かう回廊は、その両脇を背の高い樹木で挟まれていた。石畳をゆく足音がふたり分、カッカッと響いている。それ以外は、風の音と葉擦れの音。時折、遠くのほうから聴こえてくる雑談や慌ただしく駆ける音が風に混じって流れてくる。

「……審問官。俺が隊長を殺すところを見たと言ったな」

回廊を半ばまで歩いたところで、ふいにロウがそう投げかけてきた。ぼそりと低く呟かれた問いを拾ったテオドアの耳は、ロウがゴクリと唾を呑む音まで拾う。

殺されたデラクレスと、副隊長であったロウが、どのような人間関係を築いてきたのか、なんて知らない。けれど、ロウの震える声音から拾える感情と憶測は、彼が隊長を随分と深く慕っていたのではないか、という確信をテオドアに抱かせた。

けれどその感情は、ロウが肯定した事実と矛盾する。

いわく、第三部隊の副隊長は上司である隊長の命を狙っている。

いわく、第三部隊の副隊長は隊長に不意打ちで襲いかかって返り討ちにされたらしい。

その二つの噂が真実であることは、すでに知っている。テオドアはその目でロウがデラクレスの命を狙っているところを見たし、返り討ちにされるところも見た。

慕っているのに、なぜ、矛盾した言動をとっていたのだろう。と、テオドアはいつまで経っても解決できないどころか、理解できない自分に呆れて自嘲する。

その否定的な笑みを、つい、うっかり。外へ漏らしてロウに気づかれた。怪訝な顔をされてしまったから、テオドアは内心焦りながらひねた物言いでこう返す。

「審問官だなんて呼び方、ちょっと他人行儀では？　おれはテオドア・オラニエ上級審問官です。姓でも名でも、好きな呼び方で、どうぞ」

と、自己紹介に無理矢理変換したけれど、どうやら失敗したらしい。ロウはひとつ頷いて、眉間の皺は先程よりも多く深く刻まれていた。

「オラニエ審問官、俺が隊長を殺すところをどうやって見た」

「見たんじゃなくて、視たんです。この目で直接見たんじゃなくて、別の方法で」

「別の方法？」

「言ったでしょ、魔術ですよ、魔術。おれはそういう魔術が使えるんです。万能じゃないんで、なんでも視られるわけじゃないですけど」

テオドアが魔術使用時の時間と精度の問題を掻い摘んで説明すると、ロウは懐疑的に目を細めて片眉を跳ね上げた。

「オラニエ審問官が視たのは、本当に俺か？」

「姿形はあんたでした。声もそう。……おれが視たあんたは、デラクレス卿と私的な演習を行う約束をしていた。だから卿はイーヴォ第一部隊隊長にかけあって演習場を押さえたんです」

「ちょっと待て、俺は隊長とそんな約束をした覚えはない」

というロウの自己申告に、テオドアは首を傾げて唸るしかなかった。だって、テオドアは視たから。西棟三階の廊下でロウがデラクレスを呼び止めて、個人的な演習の約束を取りつける場面《シーン》を。

なら、アレは誰だ？

夜色の暗い髪、琥珀色の眼。そして、精悍な顔つき。隊服の襟と肩に縫いつけられた隊章と階級章は、確かに第三部隊副隊長である、と示していたのに。

ロウが嘘を吐いているのか、それとも記憶の中のロウが別人だったのか。別人だったとして、それは、一体、どうやって？

ここが魔塔や連盟、聖典教会だったなら、まあ、わかる。魔術を使ったのだ、と納得できる。けれど、ここは、騎士団だ。魔術を遠ざけて力を得ている人間が集う場所。魔術を使う騎士は力を失い、すべて後方支援や騎士団の組織運営に集約される、そんな場所。

まさか無申告か。カルレのように、無申告者がいるのだろうか。と思って、テオドアは自分の考えを否定するように、首をひと振り。

魔術を使う騎士は前線で活躍できはしない。魔力を内循環させて爆発的な力を得ている騎士は、外向きに魔力を放出する技術を習得する機会がないから。

六歳から七歳の頃、小姓《ペイジ》として入団し、騎士に必要な基礎を学ぶ。その中で、魔力の扱いも学ぶのだけれど、騎士としての魔力の扱い方を学ぶだけ。内向きに循環させる術を叩き込まれる。

十四歳から十五歳の頃に従騎士《エクスワイヤ》となり、見習い騎士として戦場へ赴くようになる。二十歳前後で、ようやく騎士として完成し、叙任されるのだ。

騎士になる頃には外向きに魔力を放つ術は失われ、誰も彼もが魔術を使うことができなくなるというわけ。

そもそも、内向きの魔力と外向きの魔力は共存できない。互いに作用して肉体に負荷を与える。鍛えた筋肉は失われ、使える魔術も実践で役に立たないものばかり。供犠《サクリファイス》だって、生命に直結するような重いものになる。

そんな騎士が、魔術を使ったら？　――内臓が魔力で焼け付き、魔力炉のすぐ側にある心臓はダメージを負う。

では、誰か。

早々に騎士を犯人候補から外したテオドアが、黙ったまま考えこんでいると、ロウが低く響く声で横槍を入れた。

「オラニエ審問官、考え込むのは構わないが、今は続きを話してくれ」

痺れを切らしたのか、ロウが話の先を促すようにそう言った。

まさか催促されるだなんて。テオドアは、驚いたように目を丸く見開いて呼吸を一拍止めた。それからすぐに話を再開する。

「ああああ失礼。……その後……あれは誰だ？　枯れ草色の髪を真ん中で分けてる、焦茶色の眼をした中肉中背の……」

「その男は顎に傷があったか？」

「あった、と思う」

デラクレスの記憶を通して視た人物を思い出しながら、テオドアが頷く。

「それは第三部隊のデヂモだ」

「へえ、デヂモ卿。ああ、あんたを拘束してた騎士のひとりか。……その後、隊長はデヂモ卿と妙な話をして……」

「妙な話？」

「そ。『珍しいこともあるんですね。——と屋内演習場で、ですか』とか、なんとか。名前を呼んだんだと思うんだけど、聞き取れなかったな。あ、おれが、じゃなくて、デラクレス卿が。でも、Lから始まる音の名前ってことだけは、わかってる」

「L……俺の名前もLから始まる名だ」

そう告げたロウは、なにがおかしいのか鼻で笑った。自嘲染みたその笑みに、テオドアは思わずため息を吐いた。

「あんた、とことん詰んでんな。まあ、それは置いといて。そういえば、デヂモ卿が変な顔してたな……で、話し終わって演習場へ向かった、というわけ」

「そして、手合わせが加熱して……という流れか」

「あんた、まるで他人事ですね。手合わせが加熱した結果の事故じゃないですよ、明確な殺意を浴びたんで。何度も何度も切り刻まれるとか、もう二度と味わいたくない。ネルウス魔障水銀の神経毒も最悪ですよ。ロウ副隊長が剣を振るう姿は昨日見ましたけど、おれに剣はわからないんで。アレがあんたなのか、それとも別人なのかは断言できないです」

少なくとも、デラクレスは致命傷を負うまでアレをロウだと認識していた。けれど、とテオドア思う。

けれど、テオドアが視たデラクレスの記憶の中のロウは、そのほとんどにノイズが走って不鮮明だったのだ。唯一鮮明だったのは、倒れたデラクレスを抱き起こしてからのロウの姿だけ。

ということは、まさかアレは魔術を使える騎士なのか？　一度は犯人候補から外した有象無象の騎士を、候補に据えて考える。

容姿変貌か、認識阻害か。物理的に変えるのか、脳に直接影響を与えるものか、視覚情報を操作するのか。最近、そんな魔術式の研究メモを読んだな、だなんて思いながら、考えつく限りの可能性を上げて思考を深める。

カルレの正体を見破った時のように、片っ端から視てしまえば話は早いのだけど。でも、それはできない。死者の記憶を視たばかりの脳は、疲労が回復しきれていない。そんな状態で、それなりに負荷の高い魔術の連続使用は、死に急ぐのと同じこと。

ああでもない、こうでもない。と、悩んでいるテオドアを、現実世界に引き戻したのは、またしてもロウの声。

「隊長の死因と凶器は」

低く突き刺さるような深い声。この声はどうしてか耳によく届く。思考の深淵でぐるぐる回っていたとしても、ロウの声に呼び戻される。

これは、ちょっと、貴重な体験だ。と、徐々に早まる動悸を自覚しながら、テオドアは場違いにもニヤけそうになる口を右手で覆った。真面目に思いだして考えている風を装うために、口を覆った右手をそろりと顎方向へ移動させる。

「死因は失血死……ではありますけど、毒物による影響が強い。ネルウス魔障水銀ですよ、おれ達が遺跡で見つけたアレです。騎士団内にあったものじゃない。外から持ち込まれたものだ。エジェオ卿に調べてもらったんでね、間違いないでしょう」

テオドアはそろりと密かにロウを観察した。動かない表情、無感動な双眸。わずかな反応も逃さない、というように瞬きせずに言葉を続ける。

「ロウ副隊長。預けた小瓶はどうしました？」

「今は持っていない」

返ってきた深い声は、即答だった。その声の響きの中に、嘘や戸惑い、揺れや震えは感じられない。だからテオドアは、どこか少し安堵して、胸の重石が取れたような軽い心地で言った。

「あ、そうなんです？　ところで、なんであんたは遺跡から戻って早々、演習場へ？　隊長と約束したわけじゃないのに」

「第一部隊のイーヴォ隊長が演習場でデラクレス隊長が待っているぞ、と」

「あらら。……うーん、それなら、演習場に行くまでの間でイーヴォ卿以外に話した人とかすれ違った人とか、います？」

テオドアが問うと、ロウは少し考えてから首を振った。

「イーヴォ隊長以外に？　いや、いない」

「えぇー」

「俺はそもそも、隊長ではなく、レメクを探していたんだが」

「え、そうなんです？　そのレメク卿って、誰ですか」

まったく新しい名前がロウの口から飛びだした。ロウに詳しく聞くと、第三部隊の隊員だという。

肩で切り揃えた癖のない銀髪に、赤い眼をした男で、長がつく役職にはついていないけれど、副隊長であるロウの次に実力があるらしい。デヂモと同じく、ロウを取り押さえていた騎士だ。それなのに、

「まあ、友人ということになるんだろう。俺の外聞のよくない噂を茶化して笑うくらいには仲がいいし、隊の方針について相談することもある」

と話したロウの顔は、険しさが少し取れていた。

「レメク卿には会えたんですか」

「ああ、レメクには会えた」

「もー、それを早く言ってくださいよ。じゃあ、レメク卿にも話を聞かないと。なるほど、レメク卿と話してから、イーヴォ卿に会い、まっすぐ演習場に向かって……そしてデラクレス卿を看取った」

テオドアはそう言って、思考の渦に身投げする。

ロウの言っていることが真実だとして、ならばデラクレスが見て、話して、そして剣を切り結んだ相手は誰だ？　あれは本当にロウだったのか？　剣の天才と謳《うた》われたデラクレスを殺害できるほど腕の立つ騎士が、果たして存在するのだろうか。

いや、でも、犯人はネルウス魔障水銀を使っていた。それならば、幾らかは可能性があ

る、のか？　でも、ロウ以外の騎士の実力なんてサッパリわからない。だから、力量をどう見積もればいいのか判断がつかない。と、テオドアの頭の中でぐるぐる、ぐるぐると可能性が踊りだす。

剣の天才であるデラクレスは、騎士団内で人気が高い。高い人気は裏返り、身勝手な憎悪や執着を生みだすことも多い。深淵の森の東にある遺跡の最上階にあった、殴り書きのメモのように。

動機を取れば方法が。方法を取れば動機が定まらない。唯一わかるのは、暫定的な容疑者だけ。その容疑者には、動機も方法もある。

けれど、その容疑者は違うとテオドアの直感が訴えている。ならば、証明するしかないのだ。ロウが犯人ではない、と。テオドアは今一度、覚悟を決めた。

それだというのに。

「……俺がやったのかもしれない」

と。ロウが突然、弱音を吐いた。テオドアは自分の頭のどこかでピンと張った糸が切れる音を聞いた。だから、

「は？　やったんですか？　やってないって言ってたでしょ」

と。ロウに詰め寄って睨みつけた。相手が騎士だとか、歳上だとか。そんなことはもう、どうでもよかった。人さし指を一本立てて、ロウの胸に突き立てる。

「いいですか、状況を整理しますよ。昨日、おれとあんたはデラクレス卿の手紙を送るた

めに、魔術式が使える範囲まで一緒に向かった。片道は一時間くらいでしたか。でも途中、〈獣〉に遭遇して排除した時間を考慮すると一時間半。おれは朝九時に東棟を出てあんたとデラクレス卿に遭遇したから、おれ達が『光を掲げる者《ルキフェル》』――遺跡の塔に辿り着いたのは十時半です」

逆上したように、けれど酷く冷静で論理的に。身体は興奮して熱いのに、頭はどこか冷静で、次から次へと言葉が吐き出されてゆく。テオドアは溢れそうな言葉と感情を一語一句漏らさず音に変換してロウにぶつけた。

テオドアの急な変わりように、ロウは戸惑ったのか。眉が寄り、琥珀色の目が揺れる。

「その時間に、なんの意味が？」

「いいから最後まで聞いてください。遺跡に辿り着いてから探索しましたね。そこまで長くはかからなかった。体感的には三十分ほど。帰りは寄り道なんてしなかったから、城砦に到着した時間は正午を少し過ぎたころ。合っていますか」

「合っている。確かに帰城した時刻は十二時過ぎだった」

「帰城して、おれと別れたあんたはどうしたんです？　衛生局へ行ったんですか」

問われたロウは少し考えて、短く答えた。

「レメクを探して話をした」

「どこで話したんです？」

「西棟と中央棟の間。その後、中央棟から出てきたイーヴォ隊長とすれ違って演習場へ。

隊長が息を引き取ったのは、その後だ」

「エジェオ卿が言ってましたけど、デラクレス卿が亡くなったのは、おれが十五時頃に演習場へ引っ張り出された二、三時間前。十二時から十三時の間ってことだけど……」

ちょうど、テオドアとロウが城砦に戻ってきた時刻だ。

ロウに罪をなすりつけた真犯人の考えが読めない。視覚誤認の魔術式を使ったのは、ロウを装ってデラクレスを呼び出すため。毒物を使ったのは、剣の天才であるデラクレスの動きを少しでも鈍らせるため。

けれど、この犯行時刻は？　ロウに罪を被せるつもりだったのなら、ギリギリすぎる。もし、深淵の森から戻ってくる時間が少しでも遅れたのなら。犯人の思う通りにはならなかったはずだ。

もしかして真犯人は、犯行時刻にロウが城砦の外にいることを知らなかったのかもしれない。昨日、ロウが城外の森へ行ったのは、デラクレスの気まぐれだから。その気まぐれも、ロウを救うまでには至らなかったけれど。

テオドアは思考を止めて、ふと浮かんだ疑問を口にした。

「デラクレス卿を看取った後、二時間近く間が開いてますけど、あんたはあの場所で放心でもしてたんですか」

「よく覚えていない。おれを探しにきたデチモとレメクに取り押さえられ、我に返った」

「……それは、まあ……あんたの気持ちと状況はよくわかります。デラクレス卿の身体には致命傷となった脇腹の太刀傷くらいしかありませんでした。あんたがなにか工作をしたってことはないですね。卿の記憶の中にも、そういうことはなかった」

テオドアはひとつ息を吐き出した。吐いた息とともに気まずさも吐き捨てて、ロウから一歩、距離を取る。

「この状況からわかることは、あんたでもギリギリ犯行が可能ってことです。騎士の脚力は一般人《おれ》の尺度で測れるものじゃない。走れば間に合う。でも、走って間に合ったところで、乱れた呼吸でデラクレス卿を殺せますか。あんたが遺跡の塔で見つけたネルウス魔障水銀を使ったとして、どうやって使ったのか話せますか」

「それは……」

言い淀むロウに、テオドアは追撃をかけた。

「ほら、言えない。それはあんたが、ネルウス魔障水銀を使っていないからだ。あんたに回収してもらったネルウス魔障水銀は、ひとまとめにして空瓶に入れた。それからおれが魔術式で封印したんだ、魔術を使えないあんたに中身を取り出せるわけがない」

「瓶を割れば取り出せる」

「割れたガラス片は、演習場に落ちていませんでしたよ。深淵の森から戻ってから、走って演習場に向かったなら途中で瓶を割る余裕もありませんよね。それに、あの瓶の中には複数のネルウス魔障水銀の小瓶が入っていた。演習場外で瓶を割り、中身を全て回収してから向かうのは非効率です。小瓶をまとめた瓶が今、どこにあるのかだけが気がかりですけど……あんたは、やってない」

「隊長にとどめを刺したとは考えないのか」

「おれはデラクレス卿の記憶を視たんですよ。それでもまだ言いますか」

ただ、デラクレスの記憶を視たせいで、ロウが容疑者として拘束されてしまったことに変わりはない。記憶参照魔術を行使して、ひと晩ぐっすり寝たあとの今なら、こうして理論立てて説明できるのに。昨日、ルドガーを説得できなかった自分の無力さを感じて、テオドアは奥歯を噛み締めた。

「ロウ副隊長。自分がデラクレス卿を殺していたことが事実ならいいのに、的な願望を言うのはやめてもらえません？」

顔を伏せたロウが漏らした自虐的な呟きを、テオドアは力強く切って捨てた。これから無実を証明しようとしているロウの口から気弱なことを言われたら、決意が鈍る。こんなときに揺さぶられたくない。自分の判断を疑ってしまうではないか。

だからテオドアは、真っ直ぐロウの眼を見た。揺れる自分の心がピンと真っ直ぐ前を向くように。テオドアを見つめる琥珀色の双眸は、疑問と不安でどうしようもなく揺れていた。一晩かけて行われた尋問のせいか、ロウも自分の無実を疑いはじめているのかもしれない。

「あんた、真犯人を捕らえて、どうにかしてやりたいとか思わないんですか」

「それは……」

ロウがテオドアから目を逸らし、言い淀む。それは、悪い兆候だった。物言わず冤罪を被ることになるかもしれない兆候だ。

だから、おれがあんたの無実を証明する、という言葉を、テオドアはロウにかけたかった。けれどテオドアの口がその言葉を紡ぐことはできなかった。テオドアが言葉を発しようとしたタイミングで、割り込んできた声があったから。

「お。第三部隊の孤狼の騎士じゃん。なになにお前、魔術士の犬にでもなったのかよ！」

「……ゲレオン」

ロウが忌々《いまいま》しそうに呟いた名前に、テオドアは心当たりがあった。

第一部隊副隊長ゲレオン。ケラケラと笑う姿は、それほど高くはない身長と相まって幼く見える。毛先が跳ねたオレンジ色に焼けた髪、海の青さと暗さを持つ眼、そして、腰に差した双剣。汚れひとつない白い隊服に身を包んだ青年だ。

最年少で副隊長に就任したらしいゲレオンは、見かけに反して庶務や雑務を難なくこなす。らしい。二週間前、着任早々にジルドが話題に上げ、ゲレオンの雑務処理の優秀さを引き合いにしてまでテオドアの事務処理能力についてチクリと言ってきたから、それを覚えていた。

「首輪つけてお散歩かぁ？　いーね、似合ってんよ。お前、副隊長なんかやってるより、そっちの方が合ってんじゃねーの？」

ゲレオンはロウにからかいの言葉を投げながら近づいて、テオドアが嵌めた首輪と、そしてテオドア本人とを、目を細めてジッと見た。

品定めされているような視線に不快を覚えて少し睨み返してみたけれど、ゲレオンは気にすることなくロウに絡んでゆく。

「まー、オレはさ、お前があの狂人のもとから解放されたんなら、なんでもいーんだけど」

「おい、隊長を悪く言うな」

「悪口じゃねーし。事実だし。お前だって」

わかってんじゃねーの、というゲレオンの嘲笑混じりの言葉が、氷を思わせるような鋭く冷たい声と重なった。

「ゲレオン、なにをしている？　その男には関わるな」

鋭利な声の持ち主は、第一部隊隊長イーヴォ。テオドアが声をした方を向くと、デラクレスの記憶の中で視た美貌がそのままそこに立っていた。第一部隊は会話に割り込んでくるのが趣味なのか、と疑ってしまうほどタイミングがいい。

「やっべ、たいちょーに見つかった……」

ゲレオンはバツの悪そうな顔をして舌打ちをして、ため息をひとつ。深く短く吐いてから、切り替えの速さを発揮してくるりとロウに背を向けた。

「じゃーな、ロウ。あの狂人の葬儀までに、お前の魔術士がどーにかしてくれるといいな。オレとしてはお前が犯人でもそーじゃなくても、どっちでもいーからさ！」

「俺の魔術士ではない。それは誤解……くそ、行ったか」

ゲレオンは肩越しにヒラヒラと手を振りながら、イーヴォの方へと向かって歩く。それを見送りながら、ロウはガシガシと頭を掻きむしって悪態を吐いていた。

ゲレオンの一方的な会話は、テオドアの意思にかかわらず聞こえていた。声を潜めるわけでもなく、あんな大声で会話していたのだから、勝手に耳に届いたのだけれど。

そうしてゲレオンがイーヴォと合流し、その背が完全に見えなくなった頃。テオドアはポツリと呟いた。ロウの耳に届くよう、それなりの声量で。

「……デラクレス卿は狂人だったんですか？」

「違う」

「あらら、即答ですか」

天才と狂人は紙一重である、という。ゲレオンがデラクレスを狂人と評価するのも、そういう理屈なのかもしれない。いや、ロウの狼藉を笑って許していたのも、デラクレスが狂人であったからこそなのかもしれない。

では、この男は、ロウは、隊長であり剣の天才であるデラクレスを副隊長として、正しく理解できていたのだろうか？

テオドアは上司であるジルドに、それなりに理解されている、と思う。師弟のような関係とはまた違うけれど、共同で魔術式を開発したこともあるし、ジルドはテオドアの過去を知る数少ない人物なのだし。

では、逆は？　テオドアはジルドの過去を知らない。どんな信念を持ってテオドアとともに審問官として着任したのかも知らない。テオドアにはジルドという男を理解することなど、できる気がしない。

慕っているし、尊敬もしている。けれど、それと理解は別のこと。自分よりも上位階梯の魔術士を理解するなんて、到底できない。では、騎士は？　自分の上に立つ騎士を、下位の騎士が理解できるのか。剣先の延長で理解することは可能なのか。

「どうしてデラクレス卿を殺す、だなんて？　どうして殺したかったんですか」

「それは……」

「答えたくなかったら別に、後で構いませんけど」

軽く流そうとしたテオドアに対して、ロウは真剣な顔をして黙り込んでしまった。しばしの沈黙。テオドアの耳には、自分の呼吸の音と、風のざわめきだけが響いている。

どれくらい時間が経っただろうか。ようやくロウがその重い口を開いた。

「そう、望まれたから」

返ってきたロウの言葉はテオドアの想像を超え、まったく理解のできないものだった。殺し、殺される関係。あるいは、一方的に殺されることをよしとする関係。そんな不道徳な関係を結ぶことを、互いに許し合ったのか。そうやって、ロウはデラクレスを理解したのだろうか。そして、その逆も、また。

そのあり方は、少し、羨ましいと思う。魔術士ではありえない相互理解。意味不明な願望を理解し、許すだなんて。それを騎士ならばなせるのか。胸の奥にしまっておいた過去を刺激されて、テオドアの胸がツキリと痛む。

「……まあ、おれには関係のないことなんで、どうでもいいですけど」

勝手に負けたような気がして、テオドアは虚勢を張ったのだ。


結局ロウが、押しつけた携行食に手をつけることはなかった。

だから、テオドアがロウを見る目つきが心なしか鋭いものになってしまうのは、仕方がないこと。と、胸の内で言い訳をするように繰り返すテオドアは、行き先を変更して西棟に向かっていた。

「審問局に向かう前に、まずはデヂモ卿に会っておこうと思うんですよね」

それからレメク卿にも。と付け足すようにテオドアが言う。

東棟へ向かう回廊で第一部隊隊長イーヴォとすれ違った時点で、テオドアは今後の方針を変更することを決めていた。あるいは、ロウがデラクレスを看取る前にレメクに会った、という話を聞いたときには。

この事件の鍵となるのは、第一に、被害者であるデラクレスの記憶だ。ノイズが走る歪な記憶。事件の謎はそこにある。第二に、ロウのアリバイを証明できれば、ルドガーに対する牽制と時間稼ぎにもなる。

だから、安全地帯である審問局に引き篭もることよりも、デラクレスが殺害される直前に会って話していた人物に話を聞くことが事件解決への足掛かりになる、というわけだ。

イーヴォにも話を聞けたらよかったけれど、拒絶が酷くて話しかけられなかった。デラクレスの記憶の中では気安い人間だったのに、人を選んで態度を変えているのか。それとも極度な人見知りか。

そんなことを考えて、しばらく経ってもなんの言葉も返さないロウに、テオドアはふと眉を寄せた。

「……あれ、なんか感想ないんですか。デヂモ卿に会うって言ってんですよ？」

「そうか」

「いや、そうか……って、他になんかないんですか。その人、昨日現場であんたを拘束してた騎士でしょ」

デヂモは、昨日のデラクレス殺害現場でロウを拘束していた騎士の一人だ。それはつまり、ロウを容疑者だと思っている人間だということ。そんな騎士にこれから会いに行く。魔術士のテオドアと容疑者であるロウのふたりで。

ロウは隷属の首輪によってテオドアの命を脅かすことはできないけれど、では、デヂモは？　テオドアに。なによりもロウに殺意を向けない、だなんて保証はないのだから。

もしも、ロウに向けられた殺意の流れ弾に当たってついでに殺されでもしたら、たまったものじゃない。そんなテオドアの不安と心配を知ってか知らずか、ロウは肩をすくめて飄々とのたまった。

「俺はこの通り繋がれた身だ。飼い主の意向に従うしかない。特に、魔術を使って倒れるような貧弱な飼い主の命令には、な」

「……あっ、そうですか。じゃあ、いざとなったらおれを守ってくれるんですかね」

周囲は魔術士殺しの技に長けた騎士だらけ。いつでも魔術士を殺せるものに囲まれている危険地帯である。

テオドアがロウに麻痺機能つきの隷属の首輪を嵌めたのも、容疑者を連れ歩くため、という理由のほかに、そういうわけがあったから。万が一にも裏切られて殺されないようにするための保険だ。

その大事な大事な保険であり命綱でもあるロウは、テオドアを挑発するようにニヤリと笑って答えた。

「騎士団に出向してくる魔術士が、騎士から身を守れないとは思えないが」

そう言ったロウの顔は、まるで血の通った普通のひとのよう。牢から出て、ゲレオンと軽口を言い合って、少しは気が緩んだのだろうか。

「あんた、かなり喋るようになりましたね。おれに慣れてきました？」

「いや。これは……お前の話し方が隊長に……」

どうしてか気まずそうに目を逸らすロウ。おれは死人と面影を重ねられて怒るような性格じゃないぞ、とテオドアが気休めを言おうとしたところに、ひとりの騎士が通りがかった。レメクだ。

レメクは昨日、デチモとともにロウを拘束していた騎士である。デラクレスを慕っていたようで、あからさまな敵意と殺意をロウに向けていたことをよく覚えている。

「ロウ？　なぜお前が牢から出ているんだ」

癖のない銀の髪を肩口で切り揃えた男――レメクが、青褪めた顔でロウを凝視していた。レメクは騎士らしく、静かに腰へ手を伸ばして抜剣の体勢に入っているではないか。それに気づいたテオドアが、慌てて首と手とを横に激しく振った。

「不法な脱獄じゃないですよ、レメク卿。すべて捜査の一環です！　ルドガー捜査官には許可を得てるんで、ご安心を」

「捜査……？　隊長を殺害したのはこの男で決まったんじゃないんですか」

「それはルドガー捜査官の主張ですね。審問局としては、いち捜査官の意見を鵜呑みにするわけにはいかないんで」

もっともらしいことを言って、テオドアはニコリと微笑んでみせた。審問局の上司ジルドに泣きついて二日間だけ優先的に捜査できるよう取り計らってもらったのだ、なんて真実は、口が裂けても言えない。真面目で神経質そうなレメクには、特に。

テオドアは頭をぐるぐると巡らせて、レメクの気を逸らせるような話題はないか、と記憶を探る。一秒、二秒と経過して、そうして見つけた答えは、これだった。

「そういえばロウ副隊長は、レメク卿と会ってましたよね。デラクレス卿が殺害される前に。証言してもらいますか」

「その件については、俺から話すことはない。隊長亡き今、もう無意味なことだ」

ロウは先ほど見せた砕けた表情から一変して、冷えた鉄仮面のような無表情さで無情に答えた。テオドアは返ってきた言葉の冷たさに、顔を引き攣らせてしまった。

「あーはい、そーですか。……まあ、デラクレス隊長の記憶の中にレメク卿と会話した記憶はなかったし……おれとしてもあんたがいいって言うんならそれでいいんですけど」

「……隊長の記憶？」

レメクの眉間がヒクリと動く。うっすらと刻まれた皺と瞬間的に膨れ上がった殺気に当てられて、テオドアは思わず一歩、後ろへ退がった。後退した足の踵が、コツリと硬いなにかに当たる。なにかと振り返ると、そこにいたのはロウだった。

いつの間にかテオドアを支えるように背後に立っていたロウが、殺気に当てられて言葉を失ったテオドアの代わりに答えていた。

「オラニエ審問官は死者の記憶を読み取る魔術士だ」

「記憶を……。だからあの時、魔力負荷がかかって倒れたのか」

「ええ、まあはい。高負荷な魔術なので」

ロウに支えられているからか、それともロウが番犬のようにレメクを威嚇し返したからか。当てられていた殺気はすでになく、テオドアも言葉を返せるようになっていた。

それだけじゃない。テオドアが記憶を読み取れる魔術士であると聞いて、レメクは途端にしおらしく、縋るような目でテオドアを見ていた。

「……オラニエ殿。隊長が亡くなる前に話していた人物が誰なのか、聞いても？」

「デラクレス隊長の記憶にいたのは、ロウ副隊長を除けば、第一部隊イーヴォ隊長、それからデヂモ卿だけですね」

「デヂモと？　隊長はデヂモとなにを話していたんですか？」

レメクが間髪入れずにそう言った。慕っていたデラクレスが最後に話した人間を知りたいと思う気持ちは、よく理解できる。けれど。テオドアはふるりと首を横へ振る。

「すみませんけど、内容までは話せないんですよね。機密情報に当たるので」

「そう……ですよね、こちらこそ、すみません」

レメクは落胆したように息を吐き出し、曖昧に微笑んで見せた。

テオドアは、レメクの寂しそうな姿に胸を痛めながら、もう一度「すみません……」と告げてから話を切り替える。

「そうだ、レメク卿。デヂモ卿はどこに？　彼、デラクレス卿が殺害される前に、卿と話してるんですよ。なにか聞けないかと思って」

「デヂモは今、騎士団の城砦にはいませんよ、オラニエ殿」

「えっ？　昨日の今日で？　警察局から事情聴取があるんじゃないのか？」

「私はこれから警察局で聴取がありますが……デヂモはそれよりも優先度の高い任務があると言って、サロニヤの街に」

「街に行った？　……そうか、ありがとうございます。大変参考になる証言だった。ああ、そうだレメク卿。今、警察局へ行くならコートを持って行った方がいい。レメク卿が極寒に耐えられるのでなければ、ね」

テオドアはにこりと他所行きの笑みを浮かべると、今もなおルドガーから漏れ出す冷気で冷え込んでいるであろう警察局を思って、レメクに忠告した。レメクを待ち受ける極寒の警察局を思い浮かべたテオドアは、同情するように彼の肩をポンと叩いた。

そうしてテオドアは後ろを振り返ると、黒い壁のように立っていたロウに告げる。

「ロウ副隊長、行先変更だ。このまま騎士団を出てデヂモ卿を追う」

×　　×　　×

上級騎士を封印するための地下牢にやってきた魔術士を見て、心底驚いたのは本心だ。

魔術士――テオドア・オラニエ上級審問官。

上級とつくのは魔術士としてか、それとも審問官としてなのか。とロウは考えて、昨日の出来事を思い返す。深淵の森の東側に隠された遺跡で見せたテオドアの推理力と胆力は、確かに上級と聞いて納得できるものだった。

テオドアは優秀な魔術士なのだろう。けれど、審問官としての実力は？

ロウはまだ、テオドアの真意を疑っている。だって、どうやって魔術士を信じればいいのだろう。

持って生まれた魔力が乏しいせいで、生みの親には捨てられた。魔力主義が蔓延る世間に見捨てられたというのに、どうやって？

デラクレスが何者かによって殺害されたあの現場では、誰もがロウが犯人だと信じていた。それを後押ししたのはテオドアの魔術と証言だったというのに、ロウは殺していないのだ、と断定的に言ってのけた際には眉を顰めるしかなかった。

魔術士が騎士の無実を証明する？　――そんなこと、信じられない。

けれど、テオドアの瞳の奥でチラチラと燃える焔が見えたから。矛盾と違和感をなにがなんでも解決してやる、という強い意志が燃えているのを、ロウは見た。

どうやらテオドアは本気らしい。――そんなこと、信じられない。

それでもロウの心は揺れてしまった。強引なところや芯の強さ、瞳の奥でチラつく焔の暗さが、デラクレスを思わせるものだったから。喋り方は全然違うのに、焚き付け方がわずかに似ている。デラクレスを失ったばかりの心が、揺れないわけがない。

デラクレスは孤児だったロウを拾い上げ、騎士として生きる道を示してくれた恩人だ。デラクレスに拾われなかったら、ロウは今頃、貧民街《スラム》で野垂れ死ぬか、粛清対象の悪党にでもなって、やはり死んでいただろう。

テオドア・オラニエ上級審問官。

家名を捨てて名前ひとつとなった騎士とは違い、姓を持つ魔術士。彼はこれから騎士団を出て街に行くという。デヂモを追って。

これは好機か？　――好機に違いない。

たかが魔術士ひとり、撒くのは容易いことである。隊長と似ている部分がある人間だからといって、なんだ。それは理由にはならない。隊長以外に信用できる人間なんて、この世にはいない。

隊長は、ボロ切れみたいに街の片隅で小さくなっていた孤児のロウに手を差し伸べて、はじめて居場所をくれたひと。

名前のなかったロウに名前を授け、いつでもどこでもその名前を呼んでくれたひと。

自己流で鍛えた雑な剣技を「まるで狼のように野生味あふれる剣だ」と笑って肯定してくれたひと。

そして、孤立しやすいロウを常に気にかけ、まるで狼の群れのような絆の強さでロウとともに戦い、背中を預け合い、苦楽をともにしてくれたひと。

隊長はロウの希望であり、未来であり、そして死そのものだった。ロウにとっての死である隊長が、殺された。自分が殺すのだとばかり思っていた隊長が。

これからどう生きればいいのだろう。

隊長亡き今、信用に値する人間は皆無だ。ならば、騎士団を出て流浪の騎士になるのか。あるいは、隊長を殺害した犯人に、ロウに罪を被せた犯人に、復讐をするのか。

これからどう生きればいいのか、わからない。

棺に納められた隊長の死に顔をひと目見れば、答えは得られるだろうか。

葬儀に参列し、隊長の失われた力と才能を継承できたら、答えは得られるだろうか。

けれどロウは今、テオドアに自由を握られている。地下牢から出してくれたことには感謝してもしきれないけれど、それとこれとは話が別だ。

これは好機か？　──好機に違いない。

これから向かうサロニヤの街にはデヂモがいる。どうしてか隊長ではなくロウに懐いているデヂモならば、剣のひとつやふたつ。演習通りに声をかければ反射的にロウに渡してくれるに違いないから。

ロウは騎士で、テオドアは魔術士。騎士は魔術士を狩れる唯一の存在だ。テオドアの階梯が上級であったとしても、容易く逃亡できるだろう。

やはりこれは好機だ。状況がロウを誘惑し、導いている。

ロウはそんなことを悶々と考えながら、騎士団の厩舎から馬を一頭失敬してテオドアを乗せ、無言のまま街まで走った。

×　　×　　×

エレミヤ聖典騎士団の城砦から馬で駆けて二時間半。サロニヤの街に着いたのは、太陽が中天を通過した頃。

普段、馬になど乗らないテオドアは、ロウが駆る軍馬に相乗りして街まで辿り着いた。

昨日、死者の記憶を参照する高負荷魔術を使っていなければ、テオドアは自分とロウのふたりまとめて移動魔術で街まで来られただろう。けれど、それは過ぎ去りし虚像でしかない。

どの道、封印石によって移動や通信が制限されているから、その影響範囲から抜け出さなければ移動魔術は使えないのだし。深淵の森を越えてサロニヤの街まで行くには、徒歩では荷が勝ちすぎる。そういうわけで、軍馬を一頭拝借して森と平野を駆け抜けた。

デヂモが向かったというサロニヤの街。

警察局の聴取より優先される任務とは、一体なにか。テオドアとロウは、軍馬を休ませるために借りた酒場兼宿屋である〈舞う子狐亭〉の裏にある馬小屋に馬を繋ぎ、サロニヤの街の中央通りへ向かった。

するとである。

「そ、そんなこと言われても困るんすけど！」

「だがな、兄ちゃん。ウチに限らず宿帳は魔力認証を通さねぇといけねぇ決まりになってるんだわ。文句があるなら野宿でもなんでもしてくれよ」

「そ、そんなぁ〜」

中央通りに面した〈舞う子狐亭〉の表玄関から、聞き覚えのある声がしたのだ。

ロウと顔を見合わせたテオドアは宿屋の裏手の馬小屋から、急いで表へ向かって走り、開いたままの扉をくぐる。

「デヂモ、どうした？」

「あれ？　副隊長じゃないすか！」

〈舞う子狐亭〉の玄関ホールで喚いていたのは、デヂモだった。顎に傷があり、柔らかく波打つ枯れ草色の髪を短く刈り上げたその青年は、身分をあらわす騎士団の服、第三部隊の漆黒の隊服は着ておらず、旅人のような装いだった。

「ふ、副隊長～！　すんません、助けてください！」

デヂモはロウの姿を見るや否や泣きついた。その目尻には安堵からか涙が滲んでいる。

「どうしたんですか、なにかトラブルでも？」

「おっ、テオドアさんじゃねぇか。この兄ちゃん、もしかして知り合いか？　山奥から出てきたみてぇに常識がねぇんだわ。魔力認証も知らねぇ、できねぇと抜かしやがる。どうにかなんねぇか」

〈舞う子狐亭〉の店主カザキとテオドアは顔見知りだ。二週間前、エレミヤ聖典騎士団西方領区支部へゆく前に、一泊部屋を借りたから。

騎士団へ行くことになり、前日宿泊までしたテオドアを心配した医療魔術士《ドクター》が、一日に三通も手紙を送って寄越してきたせいで、〈舞う子狐亭〉に備えつけられている魔術通信網にお世話になったのだ。

　テオドアは戸惑うカザキに近づくと、そっと事情を耳打ちした。

「カザキさん、このひとはねぇ……エレミヤ聖典騎士団のひとなんだよ」

「なんだと？　兄ちゃんお前……騎士なのか？」

「あー……はい、まあ。……えっ、これってマズい状況です⁉」

「いや、大丈夫だデヂモ卿。単に、エレミヤ聖典騎士団の騎士っていう生き物が見慣れないだけだからさ」

「あ、なるほど。そうですよね、ボクら、滅多に深淵の森から出ませんからね～」

　馬で駆けて二時間半の距離にあるエレミヤ聖典騎士団とサロニヤの街に交流はない。

　魔力や魔術を拒絶する異端の騎士団であるエレミヤ聖典騎士団は、城砦の内側だけで生活をしているから。自給自足をしているわけではないから、補給担当や食堂担当の騎士はサロニヤの街の住人とも接点があるだろう。けれど、基本的には身分を明かさすことはない。

　騎士団の城砦の外では、創世の魔女の祝福を拒絶する騎士は、異端の存在だ。ひとは異端の存在を容易く虐げる生き物だから。だからテオドアは、カザキに「他言無用なんだけど」と囁いてから、にこやかに告げる。

「カザキさんもそういうことだから。騎士は魔力を放出できない。だから魔力認証も使えない。……ところでデヂモ卿。魔力認証が必要だなんて、一体ここで、なにをしたかったんですかね？」

テオドアの問いに、デヂモが少し目を泳がせた。

騎士団の外の一般社会では、魔具を使ったり自己証明をするときに魔力認証が必要だ。生まれ持った魔力は指紋と同じ。同一の魔力色を持つひとは存在しないから。

けれど、魔力を外側に放出することなく肉体の内側で循環させて、常時魔力を供儀《サクリファイス》として物理力に変換している騎士は、この魔力認証が使えない。認証するときに魔力を放出しなければならないから。

そういう意味で、騎士は外の世界では生きてはいけない。

コンロも照明も空調を調整する魔具も、魔力認証ありきで作られているから。銀行へ資金を預けるときも、契約を結ぶときも、なにをするにしても魔力が必要である、ということ。

テオドアは、なかなか答えようとしないデヂモをジッと見つめた。彼は小指の先で顎の傷をカリカリと掻きながら、照れ臭そうに頬を赤らめて視線を泳がせている。

「デヂモ卿、おれに言えないことですか」

「違う違います！　言います、言いますよ。でもその前に、魔術士殿はデラクレス隊長の葬儀がいつ行われるか知ってたりします？」

「いや……聞いてないですね。葬儀でなにかあるんですか」

「騎士の葬儀は、力の継承も兼ねてるんですよ。葬儀は儀式と同じこと。亡くなった騎士の力を参列者に分配して、残された騎士はそれを引き継ぐ」

デヂモはそう言うと、一度チラリとロウへ視線をやってから、すぐにテオドアへ視線を戻した。

「ロウ副隊長の件で、隊長の葬儀の前にどうにかして再捜査と、せめてロウ副隊長の葬儀への許可を……騎士団の上層組織であるエレミヤ聖典教会に嘆願書を出したくて」

「嘆願書？」

「そうですよ！　あんな杜撰な捜査でロウ副隊長を犯人扱いするなんて、もってのほかじゃないですか。毒だか魔術だかなんだか知らないですけど、もっとしっかり捜査と鑑識をするべきなんです！」

「おれを前にして、それを言うんですか。なかなか度胸があるんですね、デヂモ卿」

喧嘩を売られたとは思っていなかったけれど、テオドアは作り笑いだとはっきりわかる笑顔でそう言った。その笑顔の裏で、先ほどからずっと口を閉ざしているロウが、彼に嵌めた首輪が、じりじりとテオドアから離れて行く気配を感じて、さらに笑みを深くする。

その笑みをどう受け取ったのか。デヂモが慌てて首と手とを横へ振る。

「あっ、いや……その。魔術を使って倒れる程度の魔術士なら、言っても許されるかな、って。……とにかく！　捜査はもっと慎重に行われるべきです。いくらルドガー捜査官がデラクレス隊長に恨みがあるからって……杜撰すぎる」

「ちょっと待った。……ルドガーがデラクレス卿に恨み？」

「知らないんですか？　ルドガー捜査官は元第三部隊の騎士ですよ。魔術と剣術を組み合わせた闘法を使えないか研究していて……魔術使用の申請を隊長に出した後、すぐ警察局に転属されたんですよ」

「ああ、だから」

テオドアは思わず唸った。ルドガーの真実に、妙な腹落ち感を得たから。

ルドガーが魔術を使えることを申告して警察局に移動となった話は知ってはいた。第三部隊が絡むと冷静でいられなくなることも。けれど、それが第三部隊でのことだったなんて。

もしかして、デラクレスへの恨みが今回の事件の真相なんだろうか。と考えて、テオドアの背筋が凍るようにぞくりと冷えた。

ふと、思い出したのだ。

深淵の森の東。巧妙に隠された遺跡の塔。最上階には魔術士の研究部屋があったあの塔を。騎士の行動を予測して障害物を配置して、さりげなく調査隊を遠ざけ、監視の目を逃れるためか結界まで張ってあった塔を。

魔術を忌避する騎士団の中で、ルドガーはどうやって魔術と剣術を組み合わせる闘法を研究していたのか？　もしも、あの遺跡の塔を使ったのなら。連盟と関係しているのなら。そういえば、ルドガーが切った前任の審問官は、連盟が派遣した者だった。もしかして、用済みになったから連盟から来た審問官を切り捨てたのか。

それだけじゃない。警察局には姿を偽る魔術を使う騎士が存在した。そもそも、冷酷無比で公正公平を信念としているような男が、自局内に無申告で魔術を使う騎士がいることを許しているのがおかしい。

それに、ルドガーもLからはじまる名前を持つではないか。

そう考えて、テオドアはふるりと首を横へと振った。自分の考えを振り払うかのように。

待て、今はまだ、可能性の段階でしかない。

テオドアは自分にそう言い聞かせて、奥歯をギリリと噛み締めた。噛み締めなければ自分の口が、無防備にすべて話し出してしまいそうだったから。

そんなテオドアの深刻な様子にまったく気づいていないデヂモが、けろりと笑う。

「まあ、魔術士殿が騎士団に着任する前の話ですからねー。知らなくても当然かと思いますけども」

「デヂモ卿、有益な情報をありがとう。そうだ、その嘆願書の件だが、おれが代わりに送ろうか？」

デヂモの嘆願書が通るかどうかはさておいて、ロウを支持する騎士がいることは好ましい。それに、嘆願書が通ったなら、ジルドがもぎ取ってきたたった二日しかない猶予が多少は伸びるかもしれない。そんな打算を持ってテオドアはデヂモに申し出た。

「えっ、いいんですか。途中で握り潰してなかったことにしませんか!?」

「するわけないだろ、こんなに証人がいるのにそんなこと。……まあ、おれも魔塔に手紙を出す用事があるからさ。そのついでだよ」

「ありがとうございます！　ついでにロウ副隊長も解放してくださって、本当にありがとうございます！」

「いや、おれは副隊長を解放したつもりはないよ。——聞いているか、ロウ副隊長！」

テオドアは、じりじりと離れていくロウに忠告を投げた。けれどその途端、ロウが脱兎のごとく駆け出したのだ。

×　　×　　×

デヂモとの会話に気を取られているテオドアの隙を狙って、ロウが逃走を試みる。

それを見たデヂモは、ロウ副隊長はなにも変わっていないのだ、と心のどこかで安堵していた。ロウはデラクレス以外には靡かないのだ、と。そんなことはあってはならないのだ、と。

ロウが噂に反してデラクレスを慕っていたことを、デヂモはよく知っていた。所構わずデラクレスに襲い掛かっていたのは、デラクレスがロウに、そうあれ、と言ったから。よくも悪くもロウは素直な一辺倒で、誰よりもデラクレスに忠実だったから。

だからデヂモは、ロウに逃げられそうになっているテオドアを胸がすくような思いで、けれども辛抱強く観察することにした。魔塔の魔術士でしかないテオドアが、この状況をどう判断するのか、と。

当のテオドアは、焦りもせずに余裕の表情でロウを追っている。得意の魔術を使って。

「ロウ、あまりおれから離れると痛い目を見るぞ」

風を切り、障害物をすり抜け駆ける姿は、まるで魔人かなにかのよう。やはり魔術士は、力を持ちすぎた魔術士は、騎士団の教え通りある程度減らさなければ。だなんて考えて、デヂモは聖典に記載されている教えのひとつを思い浮かべて首を振る。縦ではなく、横へと。

――汝、疑わしきは被告人の利益に従え。

テオドアが有害な魔術士であると証明されていない以上、デヂモの独断で彼を屠ることはできない。

騎士と魔術士は、どうしようもなく相容れない。けれど今は、その魔術士にかけるしかなかった。デヂモが敬愛するロウのためにも。

「……あんたは副隊長を救えんの？」

逃走するロウを追うテオドアを追いかけながら、デジモはぼそりと呟いた。

自分ではロウを救えない。だからテオドアを頼るしかないのに、魔術士というだけで疑念が渦を巻く。魔術士の存在が、魔力が乏しい者たちの運命を切り捨てた。そんなものを、どうやって信じればいいのか。

睨みつけるようにテオドアを観察していたデヂモは、ふと気がついた。

「あれ？　あのひと……」

魔術士といえば呪文詠唱である、と思い込んでいた。けれど、先ほどからテオドアは呪文を唱えていない。それに気づいてゾッとした。

片手を振るだけで氷の刃や影の荊を自由自在に操ってロウを足止めする様を見て、思わず眉を顰めてしまう。もしかしたらこの魔術士は、少しも本気を出していないのかもしれない、と。

現に、サロニヤの街の中央通りは人通りが多いにもかかわらず、テオドアの魔術に被弾したものはいなかったし、路面店や住宅が破壊されることもなかったのだから。

無詠唱で魔術を放つテオドアに徐々に追い詰められて、逃げ場を失ったロウが、これ以上はテオドアを振り切れないと踏んだらしく立ち止まった。デヂモと同じように、テオドアの底知れなさを警戒したのかもしれない。ロウは真正面からテオドアに勝負を挑むことにしたようだった。

「オラニエ審問官、俺を解放しろ」

「嫌だね、自由になりたけりゃ、おれを殺すしかない」

「そうか、わかった」

「――……マジかよ、本気かっ⁉」

「本気だ」

そう言って、ロウが秘めていた殺気を解放した。その巨躯から放たれるのは、騎士であるデヂモですら膝が震えるほどの威圧《プレッシャー》。ロウはテオドアを本気で排除することにしたらしい。琥珀色の瞳の中に爛々と輝く蛍火色の光が美しい。

「デヂモ、俺に剣を寄越せ」

「は、はいっ、副隊長！」

デヂモはいつも通りのロウの呼び声に、反射的に腰に下げていた剣を抜いて放り投げていた。抜き身の両手剣《ロングソード》が宙を舞い、ロウが片手で柄を取る。剣を受け止めた勢いのまま、威圧を浴びて動けないテオドアとの距離を詰め、両手剣を上段から振り下ろした。

けれど。

「――……ッつ!?　ッぐあ！」

一体、なにが起こったのか。バチリ、と音がして、ロウの首に小さな稲妻が走った。首に嵌められた首輪がバチバチと音を立てて光っている。次の瞬間、ロウは握っていた剣を取り落とし、そのまま白目を剥いて地に倒れ伏してしまった。

今のは、なんだ。

魔術士を狩るために存在する騎士が、エレミヤ聖典騎士団の第三部隊副隊長が、剣の腕だけで言えば天才デラクレスに肉薄するほどのロウが、魔術ひとつで昏倒するだなんて。

信じられないものを見てしまった。

途端にデヂモの背筋がゾッと凍りだす。つい先ほどまで、上から目線でテオドアを評価していたけれど、それはまったくの間違いだったのではないか、と。自分ごときがテオドアの才を推し量ろうだなんて、烏滸がましい、と。

デヂモの畏れを余所に、呆れたように息を吐きだすテオドアが倒れたロウの側にしゃがみ込んだ。

「ほーら、言わんこっちゃない。言ったでしょ、おれから離れるかおれに危害を加えようとすると、ビリビリ強烈な痺れに襲われる、って」

そうしてテオドアが、手に負えない飼い犬を愛おしむかのように、倒れたロウの夜色の暗い髪を雑な手つきで撫ではじめたのだ。その手つきに、言葉に、デヂモはある人物の面影を見た。

知らず知らずのうちに、目尻に涙が滲んでしまう。けれど、その涙が溢れる前に、デヂモは目元を指で拭った。深呼吸をひとつして、気持ちを切り替えることにした。

「うわ……これ、魔術ですか？　凄ッ……ロウ副隊長の意識を刈り取る魔術があるんだ」

「あるんですよ。魔術じゃなくて、魔具ですけどね」

「えっ、もしかしてこのためだけに、ロウ副隊長を煽りました？　……魔術士、怖ッ！」

デヂモの言葉にニヤリと笑うテオドアを見て、デヂモは認めざるを得なかった。

これは、このひとなら、ロウが靡いてしまったとしても仕方がないな、と。やり口がまるでデラクレス隊長のようだ、と。このひとの隣でロウが剣を振るう。その姿を、今なら許してしまえる、と。

そんな未来が来るのか、否か。未来を予測することのない騎士は直感に従うことにした。

デヂモはテオドアと協力して、意識を失ったロウを急遽〈舞う子狐亭〉の二階に取った部屋へ運び込む。

ロウが無実だとしても、そうじゃなくても、もう第三部隊には戻らないかもしれない、だなんて寂しさに囚われながら。

×　×　×

「ところでデヂモ卿。嘆願書を出すのはいいとして、それは本当に任務ですか？」

〈舞う子狐亭〉の二階。大柄な成人男性が横になっても十分な広さがあるベッドにロウを転がし、テオドアはデヂモと話していた。

ひとつしかない窓際に申し訳程度に置かれた木製のテーブルと二脚の椅子。テーブルの上には大きな籠と、湯気の立つ野菜スープが注がれた皿が三人分並んでいた。籠の中には、細長いパン。切れ込みを入れて、中に野菜の酢漬けや、穴掘り豚を吊るして焼いた肉の切れ端を挟んだものが入っている。

ロウの逃亡騒ぎが起こったせいで、遅くなってしまった昼食をデヂモと話すついでに一緒に取ってしまおう、という魂胆である。

テオドアは窓際の椅子に腰掛けて、デヂモと向かい合う。話を振られたデヂモは、しばらく頭の後ろを掻きながらへらりと笑っていたけれど、ようやく口を開いてくれた。

「ボクとしては、上層部に嘆願書を出すのは、なによりも優先すべき任務だ、と自負していますけど？　それに、こういうものは外から届いた方が、上層部も真剣に取り合ってくれるものなんで」

「開き直るなよ。デヂモ卿は清く正しいエレミヤの騎士なんじゃないのか」

テオドアは、具沢山のパンを手に取って齧りつきながら言った。

「ははは。第三部隊はちょっと特殊なんで」

「隊長と副隊長の関係が殺伐としていたこと、とか？」

「それもありますけど、第三部隊は貴族出身の騎士よりも平民や孤児出身の騎士が多いんです。だから第一部隊や第二部隊のヤツらには、無法者の集まりだなんてからかわれたり、ね」

デヂモはそう言って、不遇な扱いを受けたらしい過去を思い出したのか、わずかに顔を顰めてみせた。テオドアも、第一部隊や第二部隊には貴族出身の騎士が多い、とジルドに聞かされている。

騎士にも様々な背景がある。

魔力が乏しい子供は、小姓《ペイジ》になれる七歳までに騎士の道に進むか否かを決める。多くの子供は貴族平民を問わず騎士になどならず、不遇で平凡な人生を送ることを選ぶ。

騎士になれば、家名を捨てて名前ひとつにならなければならないから。

家名を捨てて名前ひとつになり、横並びの関係になる、ということ。それは家族を捨てるのと同じこと。とはいえ、血の繋がりをすべてなかったことにはできない。騎士団は、表向きは実力主義で平等を謳っている。けれど出自によって、優遇されたり不遇な扱いが起こったりするのは、どこでも同じだ。

「ボクは商家の三男で、歳の離れた兄たちがすでに商会を切り盛りしていたんで、騎士になったんですよね」

そうこぼすデヂモは瞬きほどの刹那、どこか遠くを見るような目を見せた。

「商家の三男？　それなら魔力が少なくても、働き手として残れたんじゃないんですか」

「んー、そうなんですけど絶対に必要ってわけじゃなかったですし、騎士ってどうやって力を得るのか気になって。面白そうじゃないですか、魔力を封じるなんて」

「おれは魔力を封じられる感覚なんて、味わいたくないですけど……封じられて面白かったですか」

「ははっ、そこそこ」

デヂモは悪ガキが浮かべるような笑みで、片目をパチリと瞑った。

「ともかく、ロウ副隊長はボクら平民の希望の星なんですよね」

「……デラクレス卿は平民出身じゃないのか？」

「そですよ。隊長は貴族の出身で……ははっ、貴族らしくないひとでしたね。なにものにも縛られない自由なひとでした。だからロウ副隊長を副隊長に推して、その座に就かせたんです。隊長命令として」

「めちゃくちゃなひとだったのか」

「だから狂人だなんて呼ばれるんですよねー。まあ、隊長のそういう無茶苦茶なところを好きなやつもいましたけど……レメクなんかは潔癖だから、ちょっと抗議してましたね」

デヂモはそう言って、ひとつ長い息を吐き出した。パンにもスープにも手を伸ばさず、ひと呼吸分俯いて、次に顔を上げたときには覚悟を決めた表情をしていた。

「ボクを街まで追いかけてきて、なにを証言させたいんです？」

「西棟の階段でデラクレス卿を呼び止めたよな。あのとき……誰と演習をするのか、と聞きましたよね。もう少し詳しく話してもらいたくて」

「ああー、そんなこともありましたかね。……えっ、なんでそんなこと知ってんですか。もしかして、ボクの記憶読みました？」

「読み取ったのはデヂモ卿の記憶じゃない。デラクレス卿に遺されたわずかな記憶だよ」

「うっわ、凄ッ！　凄いな魔術……惜しいことをしたかもしれない。今でも間に合いますかね、魔術士への転向って」

茶化すように笑うデヂモに、今度はパンを皿に置いたテオドアが、額を押さえながら息を吐く。

「デヂモ卿の進路《キャリア》に興味はないんだが。ひと言アドバイスするなら、今からの転向はしないほうがいい。騎士として手にした力が水の泡になるぞ」

「ですよねー。えっと……隊長が誰と演習をしたかって話ですよね。いいですよ、話します。そんな話でロウ副隊長を救えるのなら、いくらでも」

「どうしてそこまでするんです？」

テオドアが、ふと浮かんだ疑問を口にした。するとデヂモは立てた人さし指を左右に振りながら、おどけたように笑みを浮かべた。

「ボクは少数派なんで」

「少数派？」

「そ。少数派。ボクは数少ないロウ副隊長派なんです」

デヂモはテオドアに向かってバチンと大袈裟に片目を瞑ってみせてから、軽い口調と軽い態度で、デラクレスが実際に誰と個人演習をしたのかを話し出した。

そうやって聞き出したデヂモの証言は、少しばかりテオドアを混乱させるものだった。

「起きろ、ロウ副隊長。今すぐ騎士団に戻るぞ！」

ベッドの上で意識を飛ばしていたロウの頬を、テオドアが叩いて起こす。頬を叩かれたロウは二度、三度頭を振ってから、のたりとベッドから起き上がった。

「……騎士団に？　街での用事は済んだのか」

「あんたが寝てる間にな。おれの手紙もデヂモ卿の嘆願書も、送っておいた。ああ、逃亡劇の際にデヂモ卿があんたに協力した件は見なかったことにしといてやる」

そう言ってテオドアは、窓際に置かれた椅子にどさりと腰を下ろした。テーブルの上には、空になった籠とスープ皿が三つ重ねて置かれたまま。

テオドアは、いまだぼんやりしているロウの視線から、空になった皿と籠とを隠すために、一本立てた人さし指をツイと振った。指先で紡がれた魔術式が皿と籠とを覆って、その輪郭を透明なものにする。

そうして、デヂモとふたりでロウの分まで昼食を食べ尽くしてしまった事実を文字通り覆い隠したテオドアは、何食わぬ顔でロウに言った。

「いいか、ロウ副隊長。あんたは今、おれの監視下で一時的に自由に動けてるだけの容疑者なんだ。それも、殺人事件の。あまり勝手なことをするなよ」

テオドアの言葉を、ロウは否定も肯定もしなかった。目の奥で燃える意志が今もなお爛々と不穏な光を放っている。

これは、いけない。逃亡再発、待ったなしだ。

テオドアが首の後ろをがりがりと雑に掻きむしった。そうして息を吐き出してから、ロウを問いただす。

「なぜ、逃亡を図ろうと？」

「葬儀がいつ行われるのかわからない。明日かもしれないし、今日かもしれない」

意外にも素直に逃亡動機を告白したロウは、少し焦っているようだった。

「もしかしてあんた、デラクレス卿の葬儀に参列したいんですか」

「捜査官が」

「ルドガーがなにを言ったんです？」

「大人しくしていれば葬儀にだけは参列させてやれる、と」

「だから今まで従順にしてたって？　……いや、そうか、そりゃそうですよね。誰だって、親しいひとの葬儀には参列したい」

それなのにテオドアに地下牢から連れ出され、城砦から抜け出してサロニヤの街まで連れて来られてしまったから。デラクレスの葬儀への参列の可能性をテオドアに見たのに、遠ざかってしまった、と絶望したのなら。

ロウが葬儀に参列したい、と思って暴走してしまった気持ちは、確かにテオドアにも理解ができる。

「気が回らなくてすみません。でも逃亡は悪手ですよ、ロウ副隊長。あんたは冤罪をかけられているんだ。逃亡なんかしたら余計に疑われて、ありもしない罪で雁字搦《がんじがら》めになって、一番大事なものを失うことになる」

「実感が篭っているように聞こえるが」

「そりゃね、実感も篭りますよ。おれは昔、冤罪をかけられたことがある。あんたのように黙秘を貫いて、自分の無実を主張しなかった。正義感が強かった友人は、おれが罪を犯したのだと信じた。沈黙は肯定だと捉えたんです。そうしておれは、大切な友人をひとり……失った」

だから、これ以上は失うな、と。テオドアがロウに忠告するように告げた。するとロウが、呼吸をひとつ。抱えていた焦燥を深く吐き出した。

「……以後、気をつける。ところでオラニエ審問官。デヂモはどこに」

「なんだ、話したかったんですか？　デヂモ卿は今頃、仲間たちへの土産を買ってる頃だと思いますけど。それが終わり次第、騎士団に戻るでしょう」

「そうか。デヂモはなにか言っていたか」

「いえ？　なにも」

テオドアは首を横へ振りながら、意図的にロウに嘘を吐いた。

デヂモには、衛生局の局長ジルドに伝言を託し、それが終えたらテオドアにした証言と同じ話を騎士団審問局の局長ジェオに伝言するよう言い含めておいた。デヂモ曰く、同じ証言を捜査官ルドガーにしようとしたのに、門前払いだったらしいから。

「サロニヤの街での用は済みました。帰りますよ」

そういうわけで、テオドアとロウは〈舞う子狐亭〉を出て、馬小屋で休めていた軍馬とともに、エレミヤ聖典騎士団の城砦を目指して馬で駆け抜ける。

サロニャの街から城砦までは丘と草原を越えて川を渡り、深淵の森に入る必要がある。騎士団本拠地は森に築かれた城砦で、一番警戒しなければならないのはこの森だ。守りを固めやすく、襲撃するなら見晴らしのいい丘や草原よりも、断然、森の中。

テオドアとロウが深淵の森の中ほどまできたところで、テオドアが「ところで……」と前置きをしてから、いつでも魔術式を展開できるよう集中しはじめた。

「騎士団の皆さんって、身内が間違いをしでかしたりすると、強制的に排除するような文化があったりするんです？」

「そんな野蛮な集団があるかよ」

吐き捨てるように言ったロウも、気づいていたらしい。

ロウが駆ける馬を止めて降りた。テオドアもそれに続いて馬から降りる。サッと周囲に視線を走らせ、いつ、どこから強襲を受けても対応できるよう神経を尖らせる。調教された軍馬は、騎士団に戻るよう言い聞かせてから森の奥へと解き放つ。

テオドアもまた、両手を空けて構えをとった。テオドアの魔術に杖や媒介物は必要ない。詠唱も不要だ。頭に余白を、雑談ができるだけの精神的余裕《リソース》を残して、残りはすべて迎撃用魔術の式を編む。

騎士団の中心部に埋め込まれている封印石のおかげで、影響範囲内では物体を移動させる魔術式と、波を生み出して空間を変化させる魔術式は使えない。サロニャの街でロウを足止めする際に使った氷を飛ばすような魔術式は使えない、ということ。

テオドアは覚悟を決めて、目を瞑る。そうして次にゆっくりと目を開けた。目を開けてから視る世界は、別世界。共に襲撃者を迎え撃つべく警戒を強めるロウに、テオドアは不敵に笑って見せた。

「おれの客じゃないですよ。心当たりがあるのは、あんたの件しかない」

一度閉じて、再び開いた視界に映るのは、ゆらりと立ち昇る色とりどりの光。生命あるものから滲みでた魔力の光。それはつまり、襲撃者たちの位置情報となる。

テオドアは視界に展開された光のうち、自分やロウへ向かってくる光だけ座標位置を把握して目標配置《セット》する。これで、広範囲に作用する魔術式を展開できる。

テオドアが使える魔術は、記憶参照の術だけじゃない。専門がそれであるだけで、それ以外にも弾はある。

なにせ騎士団に派遣されるまでは魔塔の魔術士だったのだ。状況に特化した複雑な魔術はお手のもの。今は、魔術の痕跡と魔力の流れを視覚的に認知する魔術を展開している。

この世に産まれた生命あるものに魔力の祝福を。と言って、創世の魔女はこの世界を構築した。だから誰もがみな、魔力を持って生まれてくる。

騎士は魔術を使わない。けれど、魔力を物理力に変換している。魔力自体は持っているということだ。だからテオドアの魔術が効果を発揮する。

「おれとの距離、忘れないでください！」

テオドアは隷属の首輪に気をつけろ、とジェスチャーしながらそう言って、ロウの後ろへジリジリ退がる。その間にも、二重、三重展開を覚悟して次々に魔術式を構築してゆく。

テオドアと入れ替わるように前へ出たロウは、武器を持たない。デヂモから一時的に借り受けた剣は、すでにデヂモが回収済みだ。徒手空拳で迎え討つしかない。

それなのにロウは少しも怯むことなく、一歩前へ踏み出した。

「どこの部隊だ」

ロウが威嚇するように低く吠えた。木々生い茂る深淵の森に、テオドアとロウのふたりとは別に敵意剥きだしの襲撃者が五名。ガサリと木葉を揺らし、樹木をかき分け姿をあらわす。左右に二人、前方に三人を確認した。

襲撃者の装いは、統一されていた。黒いフードを目深に被り顔を隠している。フード付きの外套《マント》の下は隊服だ。画一的な戦闘訓練服。エレミヤ聖典騎士団の訓練服は隊服とは違い、デザインは皆同じ。

どこに所属しているのかを区別するには、襟と肩に縫いつけられている隊章を見るしかない。肝心のその隊章は残念ながら剥がされていて、どこの誰に襲われているかはわからない。

当然、襲撃者たちがロウの問いに答えるわけもなく、一人を残して四人がジリジリと囲いを狭めてくる。

「俺を殺せると、本気で思っているのか？」

ロウの挑発に、襲撃者たちが動いた。ロウの正面に陣取り、襲撃者たちの指揮を取っているらしい一人が、右手で合図を出したのだ。攻撃開始の合図を出された残りの四人は、ロウめがけて一斉に動きだす。

まずは前方から二人。抜き身の両手剣《ロングソード》を構えて駆けてくる。左右の二人もひと呼吸遅れて飛びだした。

ロウは四対一になる前に大きく踏みだし間合いを詰めて、襲撃者が剣を振りかぶるその前に、素早く相手の懐へぬるりと潜りこむ。

すると、ガンッ、と硬い音がして襲撃者がよろめいた。膝からドサリと崩れる襲撃者。ロウの右手には奪い取ったらしい両手剣が握られている。

「見知った剣筋だ。どこの誰だ？」

地を這うような、腹の底をさらうような強圧的《プレッシャー》な声が響いた。怒気を孕んだその声はロウのもの。テオドアの眼には、ロウの魔力が威圧に変換されてゆらりと立ち昇る様がよく視えた。

「……ッ、…………っ」

ロウの威圧に気圧されたのか、前方の一人と、左右から襲おうとしていた二人が足を止める。その頬にはジワリと汗が滲んでいた。

それでも様子を窺いながらジリジリと距離を詰めようとするのは、さすが騎士か。残る指揮官らしき人物は、威圧の範囲外なのか平然と立っている。

ロウとの距離は、およそ七メートル。首輪の効果の範囲ギリギリだな、とぼんやり思いながら、テオドアは構築していた魔術式に最後の方程式を編みこんでゆく。

魔術士にとって騎士が振るう剣は致命的だ。当たってしまえば命が終わる。慎重に、丁寧に。テオドアが魔術式を組み上げている間に、ロウは威圧だけで襲撃者たちを追いこんでいた。

「威圧に屈せず声も漏らさないのは褒めてやろう。だが、連携が取れていない。指導が必要だ」

淡々と吐きだされるロウの台詞。そこには好戦的な色も、狂気の気配もなにもない。噂されている第三部隊副隊長の印象《イメージ》とは、まるで違う。森で獲物を狩る狼のよう。

ただ、魔力を威圧として表出させているせいか、琥珀色の瞳の中に爛々と輝く蛍火色の光だけが、噂の面影を残している。

厳密にいうと、ロウが発した威圧は魔術ではない。魔力の発露だ。けれど、ここまで強力な効果を発揮するとなれば、それは、もう、天性の才能、天才としか呼べない。

それを見てテオドアは身体が震えた。デラクレスの記憶の中で彼を殺害した犯人はロウではない、という確信に震える。記憶の中で視たロウと、今、目の前にいるロウとでは、まるで違う。

これが、第三部隊副隊長ロウの実力か。昨日の〈獣〉との戦いよりも凄まじい。けれど、今は、そんなこと。どうでもいい、と切り捨てて、テオドアは一歩前へ踏みだした。

「残念、ロウ副隊長のありがたい指導を受けられる機会はあげられません。みなさん、おれが魔塔から派遣された上級審問官だってこと、忘れてるみたいなんで」

言うが早いかテオドアは、構築し終わった魔術式に魔力を流して展開し、魔術として発動させた。周囲の木々が、蔓草が、魔術によって変容し、騎士を捕らえる鎖に変わる。

テオドアが発動した魔術は、対象となるものを拘束する魔術だ。周囲の植物を使役して拘束する魔術式なら、封印石の制約を受けないから。

騎士を相手にするならば、遠距離から拘束魔術を使って動きを封じる。それがセオリーだ。けれど、である。敵の一人が小瓶を取り出し、黄緑色の液体をひと息に呷ると、口の中で何ごとか呟いた。と思った瞬間、囮となる人形《ヒトカタ》を放ってテオドアの魔術を防いだのだ。

どうやって？　――魔術を使って。

「嘘だろ、マジかよ！」

テオドアは驚愕のうちにそう叫ぶ。その間に、木の枝を上手く使って逃走する襲撃者たち。彼らの全身は赤紫色の魔術痕色で覆われていた。すかさずテオドアは魔術式を解析する。

これは、姿を偽装する魔術だ。それも、自分だけでなく他者の姿をも変える広範囲偽装魔術式。人形を囮として魔術を回避し、自分と仲間の姿をも偽装するなんて。

クソ、やられた。

舌打ちをしながらテオドアは、組み上げていた魔術式を一度破棄して、まったく別の魔術式を組み上げていく。相手は広範囲に渡って偽装魔術を展開できる人間だ。生半可な魔術では破られる。テオドアは殊更丁寧に、慎重に、隙なく式を編んでゆく。

一方で、ロウが動いた。逃げる襲撃者たちを追うように駆け出して剣を振るう。けれど、テオドアはそんなロウを一喝した。

「ロウ副隊長、距離！」

「……っクソ、やりにくい」

つい先刻、逃走防止兼、危害防止用の首輪によって昏倒させられたことを思い出したのか、駆け出したロウの足がピタリと止まる。

その間に、襲撃者たちの姿は小さくなっていく。葉と葉が、枝と枝が重なるその先に去りゆく背中を睨みつけながら、テオドアはニヤリと笑った。

「いや、充分だ。足止め御苦労、ロウ副隊長」

テオドアはそう言うと、魔術を使ってテオドアの拘束魔術を逃れた襲撃者たちに向かって、組み上げた魔術式を解き放つ。目標配置の魔術のお陰で外れることはない。発動する前の魔術式であれば、封印石の制約も受けない。そして、この魔術が目に見えるような効果を発揮するのは、もっと先のことだ。

効果が見えないことで不安になったのか。ロウが怪訝な顔でテオドアに問う。

「……なにをしたんだ、オラニエ審問官。不発か？」

「さあ、どうでしょうね。運がよければ……いや、そんなことを気にしなくても、後でわかるんじゃないですか？」

テオドアは不敵に笑うと、隣に立つロウの背中をポン、と叩くのだった。

第四章　帰還

沈んだ太陽の光によって、西の彼方が橙色に染まっている。

深淵の森の中にはその光も届かず、すでに陽が落ちきったかのように薄暗い。

襲撃後、テオドアは念入りに索敵魔術式を展開して再襲撃がないかを確認し、彼らが残した人形《ヒトカタ》と、投げ捨てられた空の小瓶を拾った。そうして、さきほどの戦闘で得た両手剣《ロングソード》をくるくる回して弄ぶロウに言う。

「この分だと、騎士団に戻っても襲撃される恐れがありますね。余程あんたを消したい奴がいるらしい」

剣の質感を確かめるように振り回すロウを見て、呑気なものだな、と思いながらも、テオドアは頭のどこかで、これが戦場を経験した騎士の余裕か、とも思う。戦況を冷静に判断するために感情を制御し、余裕を持たせる騎士の技術《スキル》か、と。

恩師であるデラクレスを殺害した罪を着せられた上に、ロウを亡き者にしようとする仲間たちの存在。はたして、ロウの精神状態はいかほどか。けれどロウは、テオドアが思うほど精神が不安定なようには見えない。むしろ、高調して昂ぶっているように見えるから。

だからこそテオドアは、こう告げた。

「とりあえず、移動しましょう」

「このまま騎士団へ戻らないのか」

逸るロウの言葉はもっともだ。けれど、ちらりと見上げた木々に覆われた空は、這うような黒い雲に覆われつつあった。このままでは雨が降る。

「戻ったところで、ルドガーが警察局の人間を総動員して待ち構えてますよ。もう陽も沈みましたし、騎士のあんただけなら夜の森も行けるでしょうけど、おれには無理ですね。ましてや、もうすぐ雨も降る。ますますおれには無理ですよ。となると、このまま夜襲をかけるのも、明朝に襲撃するのも同じじゃないですか」

「それはそうだな」

「ほらね。ボスがもぎ取ってくれた猶予は二日。まだ明日の分が残ってるんで」

今のところ問題は、時間じゃない。明日の朝まで安全に時間を潰せる場所の確保だ。テオドアは、鞘のない両手剣を持て余すロウをまっすぐ見つめた。

「ところでロウ副隊長。昨日発見した『光を掲げる者《ルキフェル》』は、誰かに報告しましたか」

「いや、それはまだだ。……そうか」

ロウがハッと息を呑む。それを見たテオドアは勿体ぶってニヤリと笑い、

「ええ、そうです。今はまだ、おれ達しか辿り着けない場所がある。そこへ向かいます」

と、告げると片目をぱちりと瞑って笑ってみせた。

目指すは、昨日見つけた遺跡の塔だ。長い間、調査隊に見つからなかったあの遺跡なら、

一晩身を隠すのにもってこいである。

深淵の森の東側。

雨に降られる前に遺跡の塔へ辿り着いたテオドアとロウは、最上階の部屋まで階段を使わずに登った。封印石の影響範囲外であるこの塔ならば、移動系の魔術式が使えるから。前回、退去する際に窓を開け放っていたおかげで、テオドアの浮遊魔術式で外側から侵入した、というわけだ。

天井に吊り下げられた大型灯籠《ランタン》に、今回は魔力を通すようなことはしない。今は、まだ。この塔が結界によって視認できなくなっていたとしても、光を掲げる者《ルキフェル》と呼ばれていたことからわかるように、灯籠の光が窓から漏れて、その存在を主張してしまうから。

最上階の部屋に侵入したテオドアは、光量を絞った照明光魔術式《ライティング》を展開しながら、長衣のポケットから携行食を何本か取り出した。一日に必要な栄養素の三分の一を手軽に取れる携行食は、こういうときにこそ役に立つ。

テオドアは、右手で紫苺味の携行食の油紙を剥いて齧りながら、左手で何本かの携行食をロウに差し出した。

「ひとつでもふたつでも、好きなだけどうぞ。朝も昼も、食い損ねてるでしょ」

昨日とは違い、ロウは携行食を無言でひとつ受け取って、

「……そんな炭水化物の塊にしか見えない物体に、本当にタンパク質が入っているのか？

俺には信じられない。タンパク質が含まれていない食事は、俺にとっては無意味だ」

と、ロウが顔を歪めて首を振る。それは遠慮などではなく心底嫌そうで、明確な拒絶の意思がそこにはあった。

「えっ。まさかタンパク質的な問題で食わず嫌いしてたんですか？」

「味も甘いものしかない。塩気のあるものはないのか」

「ありませんね。今度魔塔に帰ったときに、塩っぱい系の味もリクエストしておきます」

テオドアはそう言って、紫苺味の甘くねっとりとした携行食を食べきった。指先についた砂糖の蜜を舐め取りながら、何とはなしにロウに話を振る。

「ところで、襲撃者に心当たりはないんですか？」

「心当たりしかない。俺の噂を知っているだろう、俺は隊長以外の誰からも疎まれていた。気に入らない、と夜襲をかける奴もいた。隊長亡き今、俺の居場所はもうどこにもない」

その答えを聞いて、他人事のはずなのにテオドアは胃が重く深く沈んでゆくような感覚に襲われる。

ロウが狂わずに平坦な精神状態を保っているのは、孤立して命を狙われる状況が日常茶飯事だから、なのか。なんてことだ、そんなことがあってたまるか。ふつふつと湧く憤りを抱えたまま、テオドアは感情のまま言葉を発していた。

「なんでです？　あんた、剣の天才でしょ。さっきの戦闘、孤狼の渾名は伊達じゃなかった。あんたを慕う仲間もいるんじゃないんですか」

「そんな奴はいない」

黙って首を振るその姿に、テオドアは真の孤独を見た。

表向きにはデラクレスこそが剣の天才だ、と言われているけれど、実際はそうではないのかもしれない。

無駄のない身のこなし、そんな考えがふと過《よ》ぎるくらいには、ロウの剣技は天才的だった。

五対一の状況で優位に立てるほどの威圧感。なによりもテオドアがロウに才能を感じたのは、魔力の使い方だ。体内を効率よく循環させた上に、余剰魔力を溢れさせるだなんて高度な技を、一体、どこで覚えたのか。

普通、騎士は、体内の魔力を物理力に変換するので精一杯だ。物理力を底上げしながらも威圧として発露させるなんて、聞いたことがない。

突出した才能は、憧れと嫉妬を招くもの。ロウの性格からして、後者が多いだろう。ロウを慕っていると言っていたデヂモも、ロウの味方は少数派だと言っていたのだし。

テオドアは暗い天井を見上げて息を吐くと、ゆっくり首を横へ振った。

「狼の狩りは集団で行う。狼の群れは家族の群れだ。あんたが部隊に戻っても、騎士団にあんたを活かしきれる場所はない」

「……お前は一体なんなんだ。どうして隊長と同じことを……」

戸惑うロウにテオドアは、ふ、と身体の力を抜いて微笑んだ。

「おれは魔塔から出向してきたただの魔術士ですよ。……それで、さっきのあいつら、知り合いですよね。今時、騎士を襲う盗賊はいない」

「あれは第三部隊の騎士だ。警察局の騎士もいたかもしれない」

　警察局、と聞いてテオドアの胸がツキリと痛む。思い浮かぶ顔を頭の中で必死に打ち消して、薄笑いを浮かべる。ここで暗く落ち込んだところで、なにも前進しないから。そうしてロウに返す言葉は努めて明るい口調に調整して種明かしする。

「そうなるようにあんたを牢から出したんですけど」

「俺は囮か」

「まさか。おれの護衛であり、囮であり、真実の究明のための手段ですよ。ほんと、あんたを牢から出せてよかった。こうしてあんたを嵌めたい犯人を炙り出せたから。デラクレス卿の記憶と、その後の動きを見る限り、犯人はあんたに疑いの目が行ってほしいように見えた。そんなの、暴いてやりたくなるじゃないですか」

「なぜ、そこまでこだわる。たかが騎士の罪など、異端の生命など、魔術士にはどうでもいいものじゃないのか」

　ロウが携行食を手の上で転がしながら、テオドアを見た。まっすぐ射抜くような視線に貫かれ、テオドアの心臓がギクリとすくむ。

　テオドアは、別にロウ個人に思い入れがあるわけじゃない。ロウが置かれていた状況が、過去の自分と重なっただけ。

　テオドアが魔塔へ進む道を目指し、最終的に審問官の任務を受ける動機になった苦い過去。どうしようもなく取り返しのつかない苦さと痛みを少しでも和らげるために、テオドアは審問官になったのだから。

　窓の外では、ぽつりぽつりと雨の音。とうとう雨が降り出したのだ。

　雨粒が落ちて跳ねる音を聞きながら、テオドアは、ふう、とひとつ息を吐いた。それから肺を空気で満たし、にこやかに笑う。

　平静を保つための定常処理《ルーチン》だ。けれど口を開いた次に発した声は、どうしようもなく震えていた。

「冤罪をかけられて、自分の無実を主張できなかったら、どうなると思います？」

「不当な罰を受ける」

「そうですね、正解です。前にも言いましたけど、おれには優秀で正義感溢れる友人がいたんです。将来は審問官か弁護士になりたいと言うような。そんな友人がいるとね、厄介なんですよ」

「沈黙は肯定だと決めつけられた、と。つまり、その友人に裏切られたのか」

　ロウの眉がピクリと跳ね上がる。覚えがよくて助かる、と思いながらテオドアはにこやかな微笑みを保ちながら頷いた。

「そうです。でも、裏切り……と言ってしまう勇気はおれにはないですけど。黙するおれが無罪であることを、あいつは信じなかった。ここまでは、まあ、よくある話ですよ。最悪なのはここからです」

　テオドアはそう告げて、目を閉じた。

言うべきか、言わざるべきか。ロウに自分の過去の過ちを告げる必要性は、まったくない。ないのだけれど、琥珀色の嘘のないまっすぐな目が、友人を思わせるから。黙することで無罪を主張できると勘違いした愚かさが、自分によく似ているから。ここで吐き出してしまえたら、楽になれるんじゃないか、と思ってしまったから。

大切なひとを亡くして罪を着せられたロウならば、テオドアの情けない心情を肯定とは言わずとも、理解してくれるのでは、と。

テオドアは奥歯を噛みながら閉じた目を開け、やがてゆっくりと口を開いた。

「あいつは確かに優秀でしたけど、おれも同じように優秀だったので。でも、あの頃のおれは、青かった。魔術は万能だと思っていた。だから、取り返しのつかないことをしでかした」

「救いようのないほどの？」

「ええ。魔術を使って、まだ生きているあいつの考えを書き換えようとして、失敗した」

ハッと息を呑む音が聞こえた。ロウの琥珀色の双眸がわずかに揺れた。

「魔術で考えを変えさせようだなんて、どうかしてた。手順《プロセス》を飛ばして力ずくでどうにかしようとするなんて、愚かでした。あいつを説得するなら、言葉と証拠を積み重ねるしかなかったのに。時間を惜しんだせいで、おれはあいつを失った」

「亡くなったのか」

「生きていますよ。でも、生きているだけ。無感動で無感情。必要最低限の生命活動しか行えない。快活だったあいつは消えてなくなり、人形のように生きるだけ。おれが、あいつを、そうしたんだ」

そう言って、テオドアは深く深く息を吐き出した。今はもう、瞼を閉じなくても、廃人になってしまった友人の姿を思い浮かべることができる。けれど、友人が活き活きと話し、時には怒り、駆けまわって動き、そして笑う姿を思い出すことができない。

すべて、自分のせいだ。冤罪事件に巻き込まれ、友人から信頼されず、それに怒りを覚えて感情のままに過ちを犯した自分のせい。

友人が持っていたような高潔な正義感で、審問官を目指したわけじゃない。と、胸の内で自嘲して、テオドアはゆるりと首を横へ振った。

「だからおれは、おれのような過ちを防ぎたい。あいつの夢だった審問官になることで、それを防ぎたい。ただ、それだけなんですよ」

そこまで吐き出して、テオドアは深く深く息を吐いた。

肺から空気を絞り出したところで、鉛のように固まって重く沈んだ過去を、どうこうできるわけじゃない。それでもこうして誰かに話すときだけは、固まった過去の表面がいくらか剥がれ落ちてわずかばかり軽くなったような気がするのだ。

この話を知っているのは、魔塔の同期である医療魔術士《ドクター》と上司のジルドだけ。

三人目に話したのが、目の前にいるロウだ。ロウには、医療魔術士《ドクター》やジルドには話したことがなかった自省の弁と審問官になった理由までをも話してしまったのだけれど。

きっとロウが、愚かだったころのテオドアに重なったからかもしれない。

過ちは、決して繰り返してはいけない――友人が、まだ自我と意識があるうちに残した最後の言葉だ。

もしかしたらロウが、過去の自分と重なりつつも、デラクレスを最後まで慕い続け、今もなお慕い続けているからかもしれない。

まっすぐな純粋さは、テオドアの胸の内には、もう、存在しないから。

だから、余計な話を語ってしまった。自ら晒した恥部と怨念に、テオドアはようやく微笑みの仮面を砕いて外した。砕かれた仮面の奥からあらわれたのは、表情が抜け落ちた顔。暗く光る目と引き攣る頬だ。

「あいつの夢を代わりに叶える、だなんて、おれが言うのは烏滸がましいですけどね」

あの時。魔術を使うかわりに、冤罪なのだ、と。お前にすべて託すから調べてくれ、と。叫ぶことができていたら、どんなにかよかっただろう。

叫ぶことも主張することもできずに友人を失い、その罪は不幸な事故として処理された。なぜか。冤罪事件が起こる前、魔塔で本格的な魔術研究を行うことになったテオドアのために、友人が魔術実験の被験者として同意書にサインをしてくれていたから。運とタイミングが悪かった、としか言いようがない。

贖《あがな》うことも許されず、こうして心の傷となり、今も罰を受け続けている。友人が目指した道を歩くことで、決して忘れてはならない、と自らに罰を科したから。

それ以来、事件や事故があれば、なにか裏があるのではないかと考える。諍《いさか》いが起きれば、両者の言い分を聞いて回って公平に判断したくてたまらなくなる。そんな審問官向きの性格になってしまった、というわけ。

本当はなにが起こったのか。なにを言いたかったのか。そういうことを証明することに、テオドアは固執した。その欲求は、記憶参照の魔術式を開発してしまうほど。

過去を打ち明けて、まず同期の医療魔術士《ドクター》を巻き込んだ。次に魔塔で教官をしていたジルドに話して助力を請うた。

今はまだ、生きている人間には使えないけれど、記憶参照の魔術式を発展させることができれば、友人の失われた人格や人生を取り戻すことができるかもしれない、と。蜘蛛の糸に縋るような思いで可能性に賭けたのだ。

「だからこれは、おれの自己満足ですよ。過去のおれを癒すための手段でしかない」

複雑に揺れる琥珀色の目をしっかりと見つめ返して、テオドアは言った。

「必ず真犯人を捕まえる。真実を話させる。公平かつ、平等にね」

暗くもなく、明るくもない、しっかりと前だけを見る真剣な顔で、テオドアが告げる。

テオドアの告白を聞いていたロウからは、なんの言葉も返ってこなかった。当然といえば、当然か。一介の魔術士の暗く重い過去など聞かされたところで、どう反応すればいいいのか。

けれどロウは、ひと言も返さない代わりに、持て余していた携行食の包み紙を解きはじめた。張りつく油紙を剥がし、しっとりと濡れた形の悪い直方体の携行食を口にする。

ゆっくりと咀嚼し、嚥下する。そしてまた、携行食に手を伸ばす。ロウは携行食をひとつ食べ切ってもなお、口を開こうとはしなかった。けれど、それまでどことなくロウから感じていた棘のような拒絶が、ふと消えたような気がした。

だからテオドアも、残りの携行食に手を伸ばし、ロウと同じように静かにゆっくりと食べはじめた。そうしてすっかり食べ切ってから、テオドアはぽつりとロウに話しかけた。

「ロウ、誰かを庇っていますか」

かけた問いに、ロウは答えない。無言は大いなる肯定だ。いや、本当にそうか？　迷うテオドアが言葉を重ねる。

「ネルウス魔障水銀の小瓶。アレは今、どこにあるんです？」

「ここにはない」

「誰かに渡したから、という意味ですか」

返ってきたのは沈黙だった。ロウはルドガーの尋問に耐えた男だ。これ以上の質問は時間の無駄である、とテオドアは真っ暗な天井を見上げて嘆息した。

「わかりました。これ以上は答えなくていいですよ。……そんなことよりも聞きたいことがあるので」

テオドアはそう言って、ロウが庇っている人物についてそれ以上追及はしない。ロウとは昨日から続き、丸一日分の付き合いだ。この男の口が滑らかではないことは、もうよく知っているから。

「なにが聞きたい」

「デラクレス卿とのこと。なぜ、殺したかったんですか」

「殺してみせろ、と言われたから。隊長は強者を求めていた。隊長を殺せるほどの実力者を。俺が隊長にできる恩返しは強くなること。俺の生きる意味は、ただそれだけだった」

「盲目的になるくらい、デラクレス卿が大事なひとだったんですか」

「俺の命と同じほどに」

そう告げたロウの顔は、影が落ちていて見えない。声の響きだけが真剣で、それが真実であることはテオドアにもわかった。それと同時に、テオドアの心臓の裏側がシクリと痛む。大切なひとを失うこと。その喪失感は、テオドアにも痛いほどわかるから。

「命に等しい存在を失って、あんたは生きていけるんですか」

「オラニエ審問官も生きているだろう」

「おれは完全に失ったわけじゃないんでね。いつでも取り戻す方法を探してるんですよ」

「そうか」

「……あんた、デラクレス卿を殺した犯人を捕まえたら、どうすんですか。おれが犯人の罪を暴いたら、あんたの復讐は叶わない。警察局に引き渡しますからね」

デラクレス卿を殺害した真犯人が誰なのか。ロウはもう知っている。この事件が解決してしまったら、どう生きるのだろう。復讐を遂げるのか、あるいはデラクレスの後を追うのか。

テオドアは無意識に照明光《ライティング》でロウの表情を照らしていた。琥珀色の双眸が光に照らされ、黄金に輝いている。

「オラニエ審問官はなにを望んでいる」

ロウが穏やかに尋ねた。テオドアはその柔らかな響きに胸が痛くなる。途端に喉の奥から涙の気配がして、鼻奥がツンと痛み出す。

「……生きる目的がなくなっても、生きていてくださいよ」

絞り出すように告げた言葉が、夜の闇に溶けた。幸いにも、テオドアの目が涙によって潤むことはなく、湿った息を吐き出すだけで済んだのだけれど。

恥ずかしい姿を見せてしまったかもしれない、と狼狽えるテオドアをよそに、ロウが静かに立ち上がり、無造作に置いていた両手剣《ロングソード》を手に取った。

そうして、

「――ならば俺の命を、剣を、テオドア・オラニエに預けよう」

と。返ってきたロウの言葉はどこまでもまっすぐで重い。まるでこの後の人生すべてをテオドアに与えてもよい、というような。

なぜ、と疑問に思う余地はテオドアには与えられなかった。

なぜなら、騎士が真の主人に忠誠を誓うかのように、ぽかんと口を開けるテオドアの前に跪いたのだから。

翌朝。星々が光の中に沈み空が白む頃、昨夜降っていた雨は上がっていた。

深淵の森に降る雨は激しい。テオドアとロウの足跡は、雨水によって流れたのか、まっさらになっていた。

遺跡の塔を利用していた何者かも、それが目的だったのかもしれない。だから光を掲げる者《ルキフェル》の目撃証言が、雨天や嵐の明け方に集中していたのだろう。窓を開けて見下ろした大地の様子を眺めながら、テオドアはひとつ息を吐き出した。

静謐な風が、緊張と寝不足で火照った頬を撫でてゆく。ひんやりとした空気の心地よさを感じながら、テオドアは振り返った。荷物の整理を終えたロウが、まるで狼の群れの主人《リーダー》の指示を待つように静かに佇んでいる。

昨夜ロウが誓った忠誠は、どうやら遊びごとではなかったらしい。ほんの少しむず痒さを感じながら、テオドアは告げた。

「あんたを陥れた犯人と、その罪を暴く覚悟はありますか」

「問題ない」

答えたロウに迷いはなく、ただ真っ直ぐにテオドアを見ていた。

揺れることのない琥珀色の目。その気高さと美しさを、きっとデラクレスは知っていた。

それが羨ましいとは思わない。むしろ荷が重すぎるような気がして気後れする。

けれど。一度受けてしまったのだから、と気を取り直して、テオドアは背筋を伸ばした。

ロウの主人に相応しくあるように、と。

「ロウ、壁際に並んだ実験器具を……そうですね、試験管をいくつか持ち出してください。未使用品ではなく、少し汚れているくらいがいい」

そう指示すれば、ロウは「わかった」とだけ答えて、テキパキと荷物をまとめはじめた。

あの試験管でネルウス魔障水銀を生成していたのなら、生成した人間の——おそらく犯人の——魔術的な痕跡が残っているはずだから。

問題は、どうやって犯人に魔術を使わせるか、だ。

実験器具に残った痕跡と、行使された魔術の痕跡が一致しなければ、警察局の捜査官は納得しないだろうから。

少しばかり考えて、テオドアは照明光《ライティング》の魔術式を展開した。そうして大型灯籠へ向かって魔術で生み出した光を投げ入れる。途端に強く輝く大型灯籠。窓の外に漏れた光は、城砦にいるであろう犯人への宣戦布告になるだろう。

「では、行きましょう。——光を掲げて」

もう、隠れる必要はないから。テオドアはそう囁いて、昨日と同じように最上階の窓から滑空《グライダ》の魔術式で大地に降り立つのであった。

霧が煙る深淵の森を抜けた先に、城砦が姿をあらわした。

森まで騎乗していた馬を騎士団に帰してしまったことで、城砦まで徒歩移動を余儀なくされたテオドアとロウを待ち構えていたのは、テオドアの予想通りエレミヤ聖典騎士団警察局の面々だった。局員総出かという人数で騎士団正門を封鎖している。

ひとつ想定外だったのは、イーヴォ率いる第一部隊も隊列を組んで待ち構えていたこと。

警察局と第一部隊の先頭に立って指揮をしているのは、皺のない隊服を着こなして眼鏡をかけた男。ルドガーだ。

「テオドア・オラニエ上級審問官、投降せよ！　貴殿は重大な罪を犯している！」

こめかみに青筋を立てたルドガーが、拡声魔術を使ってテオドアに呼びかけた。

ここでノコノコ姿をあらわし、警察局員が使う魔術や、第一部隊が振るう剣技の的になるような真似はしない。テオドアもロウも森の切れ目にある木々に身を隠し、ルドガーの様子を窺っている。

「どうする、オラニエ。指示をくれ。その通りに動いてみせる」

テオドアが過去の恥部と事件解決への執着を語ってから、ロウは協力的な騎士に変化した。というと少しばかり語弊がある。ロウは完全にテオドアに忠誠を誓った、らしい。なぜだ、という疑問が頭の中で渦を巻いているけれど、魔術士に騎士の思考が読めるはずがない、と割り切ってロウの忠誠を享受することにした。

なにより、ロウは殺害された天才剣士であるデラクレスが大事に大事に育てていた懐刀なのだから。折り紙付きの実力だ。これほど心強い味方はいない。

「まずはルドガーと話してみないと、なんとも。今は激昂していますけど、ルドガーは話せばわかる男……のはずです」

「俺にはまったく、そうは見えないが」

「……そりゃそうか。どうにもルドガーは、この事件を早々に終わらせたいと思っている節がある。ルドガーにはデラクレス卿を殺害する動機は十分にあるし、殺害実行手段もあるんですよね、困ったことに」

デラクレスを殺害したのは、彼に恨みを持つものだ。そうでなければ、毒物なんて使わない。念入りに、執念深く、苦しみを長引かせた上で、確実に殺害したかったのだ、犯人は。

「犯人はデラクレス卿を殺害する際に、認識阻害あたりの魔術を使って卿の視覚と記憶を書き換えたんでしょう。だからデラクレス卿の記憶には魔術式が干渉して、ところどころノイズが走っていた」

ルドガーがもし犯人だったなら、その動機は、デラクレスによって警察局へ飛ばされた恨み。ルドガーは魔術を使う騎士だ。事件の捜査指揮を担当すれば、適当な第一発見者を犯人に仕立て上げて牢獄送りにすることも可能である。

なにもかも完璧だ。そこまで考えて、テオドアは不敵に笑った。笑いながら魔術式を編んで、ルドガーと同じように拡声魔術を使って叫ぶ。

「ルドガー、約束の二日はどうした。今日いっぱいは、まだおれに優先的な捜査権があるはずだろう？」

「容疑者とともに騎士団の外に出るなど問答無用。いくらオラニエ上級審問官に全権が委ねられていようとも、許される行動ではない！」

「少しは融通を利かせられないのかよ。捜査のために外へ出ただけだ。こうして戻ってきているじゃないか、ルドガー！」

「敬称もしくは官職名をつけたまえ、オラニエ上級審問官。捜査のためであっても容疑者を城砦内から移動させるなど、もってのほかだ。例外などあってはならない、許されない。そんな主張が通るとでも思っているのか！」

「はは、は。ルドガー、そんなに急いでどうする？　まるでやましいことでもあるみたいじゃないか！」

「ぐっ……！」

テオドアの指摘に、ルドガーの言葉が詰まる。返ってこない言葉を待つあいだ、テオドアはロウと今後の動きを打ち合わせる。

「オラニエ、どうする。退くのか進むのか、どちらを選ぶ」

「おれとしては進みたいところなんですよね。ここで退いても意味はない。真犯人は騎士団内部にいるんだから」

「確信があるのか」

「きっと真犯人は、この騒動に紛れてあんたの命を狙ってくる。……そいつにあんたが殺せるかは別として、無力化して然るべき機関に突き出すことくらいはできるでしょ」

そう言ってテオドアは、ニヤリと笑った。笑いながら片手間に魔術式を展開して、解放する。すると、蛍火色に輝く魔力がロウの身体を包み込んだ。それは、魔術を施された人間の能力上限値を向上させる魔術式だ。

「ロウ、今なら空も飛べますよ。――目的地は審問局。魔術士は魔術士のやり方で敵を迎え撃ち、捕らえるまで」

テオドアは手短にそう言うと、再び拡声魔術を使ってルドガーに呼びかけた。

「ルドガー、並びに警察局の騎士諸君。君たちではおれに勝ち目はない。純粋な魔術士と騎士に魔術騎士が勝てるとでも？」

「それがどうした。私は、私たちは、自らの職務に誇りを持ち、不正を行い罪を逃れようとするものを取り締まる。ただ、それだけだ！」

「そうか、それなら……おれ達は安心して先に行けるなぁ！」

その言葉をきっかけとして、ロウはテオドアの指示通り大地を蹴った。テオドアを荷物みたいに脇に抱えて、脚力だけで空を跳ぼうとしたところに、邪魔が入った。

「待てよ、ロウ！　オレを無視すんじゃねーよ。遊ぼうぜ！」

立ちはだかったのは、第一部隊副隊長ゲレオン。警察局や後方に控えている第一部隊の騎士達と比べれば小柄なゲレオンは、腰に差した双剣を抜きながら海のように青い目を爛々と輝かせていた。

それだけじゃない。

「デラクレスに目をかけてもらっておきながら、恩を仇で返すような男は、私がこの手で始末する」

と。第一部隊隊長イーヴォもまた、氷のような凍てつく美貌を殺意に染めて、ロウとテオドアの前に立ちはだかった。イーヴォに至っては、まだ剣を抜いてすらいないのに、すでに何度も斬りつけられたような息苦しさを感じるほど。

あれは死だ。魔術士にとっての死が立ちはだかっている。

テオドアの手が、指が、足が、膝が、無意識に震え出す。力が抜けて、ロウの腕の中からするりと抜けてへたり込む。

「オラニエ、少し時間をくれ」

ロウはそう言ってテオドアに剣を預けると、自ら壁になるように前へ出た。

「おいロウ、剣は!?」

「邪魔になる。不要だ」

と、告げるが早いか。テオドアの魔術式によって強化されたロウが、たったひと蹴りでゲレオンとの距離を詰める。

「お、いいねぇ！　得物なしかよ、滾《たぎ》るぜ！　たいちょー、オレが先にやっていいスよね、いいですよね!?」

ゲレオンのオレンジ色に焼けた髪が、狂喜で跳ねる。脇を締めて両手に構えた双剣を振りながら、剣を持たないロウに肉薄する。ひと振り、ふた振り。振るわれる刃がロウを傷つける――ことはない。

「なんだよそれー！　お前今、無敵なの？」

ケラケラ笑うゲレオンに、ロウは無言で拳を振るう。ゲレオンの刃はロウの隊服を斬り裂くも、その肉体に傷をつけることはできなかった。防御をまるで無視して拳と蹴りを振るうロウ。ゲレオンの双剣を躊躇わず手で掴み、振り払う。

「うげっ！」

騎士相手なら通常あり得ないロウの行動に、ゲレオンが怯んだ。

「ゲレオン、なにをやっている！」

イーヴォが叫び、駆け出した。けれど、一度生まれたゲレオンの隙は、すぐにどうにかできるものじゃない。

「手合わせをするなら、また今度」

ロウがゲレオンの胴体に思い切り蹴りを入れた。その蹴りは、狙ってやったのか。それとも偶然か。ゲレオンはイーヴォを巻き込んで、後方に控えた騎士たちの待機列まで吹き飛んだ。

「マジかよ、凄ぇ……」

テオドアはただちょっと、ロウが城壁を越えられる程度の力を得られる肉体強化魔術式を行使しただけ。それなのに、こんな結果を出して戻ってくるなんて。

放心したまま剣を抱えるテオドアを、ロウが今度こそしっかりと抱え直した。そうして少し駆け出して、思い切り大地を踏み締める。

テオドアの耳が、重く響く地割れの音を聞いたような気がした。と思った次の瞬間にはもう宙空を舞っていて、「あ……」と意味のない声を漏らした刹那、ロウが城壁に取り付いていた。

こうしてテオドアとロウは易々と、城砦内部へ侵入あるいは強引な帰還を果たしたのである。


城壁の内側は思った以上に人気がなかった。

正門前で隊列を組んでいた警察局の人員が、城内にいないからか。それでもテオドアとロウは人目を避けるように駆け抜けて、ジルドがいる審問局を目指す。魔術士の城として再構築されている審問局は、安全地帯であるから。

そうしてテオドアらが城砦の中央棟と東棟を繋ぐ回廊に差し掛かったとき、突如として覆面の騎士が五人、道を塞ぐようにしてあらわれた。ああ、五人か。森の中でテオドアとロウを襲撃した人数と同じ数である。

テオドアは戸惑うことなく目を閉じた。一度目を瞑って、ゆっくり開けると、再び開いた視界に映るのは、ゆらりと立ち昇る色とりどりの光。生きとし生けるものすべてに宿る魔力の光。その中に、一際目立つ橙色の光があった。

それは、前回の襲撃時に襲撃者たちにテオドアが打ち込んでいた碇魔術式《アンカー》だ。放った碇魔術式《アンカー》が信号《ビーコン》の役目を果たして教えてくれている。襲撃者とこの騎士が同一人物だ、と。

だからテオドアは誰よりも不敵に笑った。

「こんにちは。また会いましたね、そんなにおれ達がお好きなので？」

けれど返ってきたのは沈黙ばかり。

「相変わらず無言ですか。その徹底ぶり、プロフェッショナルで嫌いじゃありませんけど……でも、意味はないですよ」

テオドアとロウの前に立ち塞がった襲撃者——五人の騎士は、相変わらず無言のまま。覆面をしているから正体がバレていないと思っているのか、いないのか。

騎士たちは無言のままロウとの距離を詰めてくる。森での襲撃時と同じで、テオドアなど眼中にはないらしい。今回も狙われているロウは前回と違って剣を持っているからか、威圧《プレッシャー》を使わずに悠然と剣を構えていた。自然体な立ち姿、けれどそこに隙はない。

最初に踏み込んだのはロウだった。声もなく、音もなく、ただ美しく勢いのある剣筋。横薙ぎの一閃。夜を切り裂くような一撃で一人撃破。血飛沫が飛んでいないところを見ると、刃を立てずに殴りつけているようだった。

「いいのか、まとめてかかってこなくて」

「……っ！」

挑発に乗って飛びかかってきた二人をロウがまとめて打ち倒す。腕力に物を言わせた上段からの一撃は、二人をまとめて地面に叩きつけた。

あっという間に、もう三人。意識を失い、あるいは呻き声を上げて動けぬ騎士を、ロウが冷めた目で見下ろしていた。

「連携を取れと忠告したはずだ。なんのために複数人で襲撃している」

残りは二人。指揮役の騎士は、相変わらず動かない。慎重なのか、それともロウの実力を恐れているのか。いや、違う。彼はずっとロウを見ていた。粘着質な視線で睨みつけ、ロウの動きを追っている。

なぜ、と思う暇はなかった。

方角的には東のほうから、地響きのような低く重い爆発音が、地面と空気を伝って響いてきたから。

「……ッ、……爆発!?」

東方向、といえば、審問局がある棟がある。テオドアは、まさか、と頭を振って否定して、けれどすぐに、そうなのか？　と喉を鳴らす。見上げた東の空には、黒い煙がもくもくと立ち上っていたから。

ジルドには『個人要塞』という二つ名がある。それは、防護魔術に長けている魔術士である、ということ。けれど、もし、不意をつかれて襲われたのなら？　相手は騎士だ。無事ではいられないかもしれない。

駆けつけるべきか、否か。

そうはいっても、今はジルドの心配をしている余裕はない。テオドアにはテオドアのやるべきことがある。

だから予備動作も予備魔力もなしに、テオドアはそれまで丁寧に編んでいた魔術式を解放した。

――すると。
・・・
音もなくソレが出現した。あるいは、一瞬にして構築された。襲撃された際に打ち込んでおいた碇魔術式《アンカー》が起点となり、水晶《クリスタル》が乱立する。

透明度の高い水晶壁に封じられたのは五人の騎士たち。倒れた三人と、新たに二人。残らず捕らえた。まるでなにかの標本のように、呼吸くらいしかできなくなっている。

それは、捕らえて封じた対象の魔力解析を自動で行う魔術式である。ジルドと共同開発したその魔術式で、解析情報《データ》を水晶の壁面に自動で綴る親切設計になっている。

捕らえられた騎士の水晶面に綴られた解析結果を、テオドアが次から次へと読んでゆく。

「あらら。第三部隊所属の方々だったとは。警察局のひとも……ああ、いるんですね」

「俺には人望がないからな」

「ええ～、まあ、知ってますけ、……どッ!?」

途端に、水晶のひとつに亀裂が走る。

完全に、油断していた。襲撃者たちを捕らえきったと思って気を抜いていた。一度破られた樹木を使った拘束魔術よりも、遥かに上位の魔術だったから。

「おいおいマジかよ。ボスが構築した魔術式だぞ!?」

テオドアとロウから一番遠い、およそ六、七メートル先。水晶に封じられていた騎士の眼が。目深に被ったその奥で、赤紫色の光が仄暗く灯る。

光の色に個人差はあれど、あれは、魔力や魔術を使うときの特徴そのもの。魔術痕色は指紋と同じ。微妙な色加減で個人を特定することができてしまう。

あの色は、確かにどこかで見た色だ。テオドアはその光の色に既視感を覚えて、反応が一瞬遅れた。

「……ッ、……！」

砕けた水晶から逃げだしたのは、指揮役だ。水晶に名前が表示される前に、無理矢理術を破ったのだ。テオドアの眼は、魔術の痕跡を視る眼は、その方法をはっきりと視た。

どうやって？　——魔術を使って。

そう、指揮役の人間は騎士だというのに、拘束魔術に捕らえられているにもかかわらず、魔術を使って拘束を打ち破り、脚をもつれさせてよろめきながら逃げだしたのだ。

「嘘だろ⁉　これも破るのか⁉」

「おい待て逃すか！」

テオドアとロウが焦り声で叫んだのは同時だった。ロウが咄嗟の判断を下し、逃走した騎士目がけて跳ねるように駆ける。

「あっ、ロウ！　距離が——っ！」

駆けてゆくロウと、驚愕で固まったままのテオドアの距離は、……八メートル、九メートル。このままでは首輪の効果が発動してしまう。

そう思って、テオドアはどうにか一歩踏みだした。けれどそれは、焼け石に水。呼吸をしている間に、ついに十メートル。ロウに嵌められた首輪に可視化された電気がパリパリと走る。意識を焼き切ろうとする音がバチンと鳴る。

駄目だ、と思ったのは、テオドアだけだった。

首輪の範囲外に出てしまったというのに、ロウは動きを止めなかった。執念のような気迫と胆力で、ロウは麻痺に一瞬だけ耐えた。

ロウにとっては、その一瞬だけで充分だった。大きく踏み込んだ剣背での一撃が、騎士の背中に打ち込まれたから。

「……っ、ぐぅ……」

倒れて呻くその声は、果たしてどちらのものだったか。はっきり言えることは、ただひとつ。

この回廊で意識と自由のあるものは、テオドア・オラニエただひとり、ということ。それだけだ。

そういうわけで、テオドアはロウが打ち倒した騎士を長衣《ローブ》を裂いて作った紐で物理的に拘束してから、改めて水晶壁に封じ直した。

テオドアが、首輪の効果で麻痺して気絶したロウが目覚めるのを待っていると、見知った人物があらわれた。疲労のせいで座って俯くテオドアの上に落ちた影は、二つほど。

東棟方向からきた人物――ジルドはひとりの騎士を連れていた。枯れ草色の髪、傷が残る顎。それに気づいたテオドアは、自分の頬が無意識に緩むのを感じて口元を片手で覆い隠して立ち上がった。

「魔術士殿、そっちは大丈夫ですか」

デヂモの隊服はくたびれていて、ところどころ破れていた。そんなデヂモはジルドを支えながらテオドアの方へやってくる。

途端に、疲労で呆けたテオドアの頭に血が巡った。ぼやけた視界と脳みそが一瞬でクリアになったような感覚。それと同時に安堵が襲う。ひと息で気が抜けて、折れそうな膝を気力だけでどうにか立たせて留まった。

無事で、よかった。

今にも叫びだしそうになったテオドアの理性の手綱を引いたのは、テオドアに駆け寄ったジルドだった。

今朝までは長い髪をふわふわとさせていたのに、今はどうしてか短くなっているジルドの髪と、テオドアの無事を喜ぶ声。

「テオ、無事だったか！」

「おれは無事ですけど……ボス？　どうしたんですか、その髪」

「ああ、この髪か？　これはな、審問局に攻撃をしかけた命知らずの最後の抵抗だ」

　ジルドはそう言って、短く不揃いに刻まれた髪の毛先を捻って見せた。ジルドの長い髪が犠牲になるほど苛烈だったのか、ということよりも、テオドアは審問局が襲われたことに驚いた。

　襲撃されたのと同じ時刻に聞こえてきた爆発音は、やはり審問局で起こったのか。と、淡白に思い返しながら、サッと視線を走らせる。ジルドの全身へ、だ。

　視線に魔力を乗せて、簡易走査《スキャン》の魔術式を使う。ジルドに斬られた髪以外の外傷が存在しなかったことで、いつの間にか緊張して強張っていた身体から、スッと力を抜いた。

　そうしてテオドアは、冷えた眼差しをジルドへ向ける。

「もしかして、わざと受けましたね？　騎士の剣を」

　そうでもなければ、あのジルドが髪を切り刻まれることなど、起こるはずがないのだから。思ったとおりジルドはから笑いをしながら肩をすくめると、連れていた騎士の背中をバンバン叩く。

「ははは、仕方なかろう。なかなかの手練れだったが、このデヂモ君の腕には及ばない。おかげで助かったよ、礼を言う」

「いえ、当然のことをしたまでです。というか、多分、襲われたのはボクがいたからなんですよねー」

「デヂモ君が審問局内に入る、その一瞬の隙をついて襲撃された。もしかしたら増強剤を使っているかもしれん。……テオ、相手は魔術に造詣が深い変態だ」

「変態って……それじゃあ魔術士はみんな変態になるじゃないすか。ボスも変態ってことになりますけど？」

「もちろん、騎士だというのに、という前置きがあるがな」

「いやー、ボクはあの死力の一閃を防いだジルド局長も、別の意味で相当な変態だと思いますけどね！」

「ははは、デヂモ君は面白いことを言うね」

ジルドは珍しく、口を開けて笑っていた。テオドアは信じられないものを見るような目で、ジルドとデヂモを交互に見やる。

死地を共にしたものは、妙な連帯感やあらゆる情を抱きやすい、というが、まさかジルドとデヂモもそうなのか。

会って話して数時間も経っていないだろうに、ジルドとここまで軽口を叩き合える仲になるなんて。もしかしたら、デヂモは人たらしとして優秀な男なのかもしれない。

「あ、そうだ。衛生局の方への伝言、しっかり伝えておきましたんで！」

デヂモが得意気な顔でニカリと笑った。ああ、やはりこの男は優秀で、人たらしだ。そんなことをテオドアが思っていると、ジルドが一通の手紙を差し出した。

「それよりもテオ。お前宛てに手紙が届いていたぞ。こんな時でも郵便梟が律儀に一通置いていったが、心当たりは？」

「手紙？　……ああ、医療魔術士《ドクター》からの返信ですね」

テオドアはジルドが差し出す封書を受け取ると、その場ですぐ開けて読み出した。相変わらず医療魔術士《ドクター》は過保護で口煩い。けれどテオドアの意思を尊重した内容の返事を書いてくる。

小言が書かれた一枚目、本題に踏み込んだ二枚目。テオドアが医療魔術士《ドクター》からの手紙に目を通していると、煤けたデヂモが目を丸くして驚いていた。

「えっ。それって昨日、街で送ってた相手じゃないですか？　もう返信が届いたってことですか？」

「そうですよ、これが魔術の力です。こんな便利な力を拒絶するなんて……エレミヤ聖典騎士団は本当に独特な主義主張をお持ちなようで」

思わず普段から思っている言葉でチクリと刺してしまった。テオドアはしまった、とバツの悪そうな顔をして咳払いをひとつ。それから肩をすくめてジルドと向かい合う。

「そういう考えを否定したかったのか、あえて禁忌に手を出して特別な存在になりたかったのか、あるいはただの誤算なのかは知りませんけど。騎士のひとりが、おれが展開した拘束魔術を破ったんですよ、ボス。ボスと共同開発したアレを」

「……なんだって？」

「破られたんです、おれの魔術が。ボスが気づいた通り、増強剤を使っていました。証拠の空瓶も回収済みです。ロウの根性の一撃のおかげで、取り逃す失態は回避できましたけどね」

「ああ、だからロウ副隊長がそこで寝てるのか」

ジルドがそう言って、倒れたままのロウを見る。なお、ロウが握っていた剣は、テオドアが責任を持ってロウの手から剥がし、側に寝かせて置いておいた。

ロウが麻痺による気絶から回復するには、あと少しかかるだろう。目覚める前に、舞台を整えておくか。テオドアはそう考えて、ニヤリと笑う。けれどすぐに、上目遣いでジルドを見つめ、両手を組んで微笑んだ。ジルドに、部下の可愛いお願い、とやらを叶えてもらうために。

「ボス、ちょっと頼まれてください。ちょうど関係者が揃っているんで、ルドガー捜査官とイーヴォ第一部隊隊長を呼んできてください。ルドガー捜査官は気を鎮めてあげてくださいね。今、暴走しかけていると思うんで」

「おい、テオ。上司使いが荒くないか？」

「まさか。ボスはボスの仕事をしてください。おれはおれの仕事をするんで」

告げてみたら、まったく可愛くないお願いだった。だからテオドアは、仕方なしに肩をすくめて可愛げを演出してみせた。そうして、唖然とするジルドを放置する。

そんなことよりも、大事なことがあるから。

今日一番の功労者。倒れたままのロウの額を、そっと撫でて労うほうがテオドアにはより重要な仕事に思えたのだ。

「オラニエ上級審問官、今すぐ簡潔に説明したまえ！」

居丈高に口火を切ったのは、こめかみに青筋が浮かび上がるほど苛立ったルドガー捜査官だ。黒縁眼鏡のブリッジを中指で押し上げ、レンズの奥から鋭い眼光を放っている。

ジルドに、ルドガーの気を鎮めるよう可愛らしくお願いをしたのに、少しも鎮まっていない。どうやらジルドは手を抜いたらしい。

「落ち着けよ、ルドガー捜査官。高圧的な態度はよくないぞ」

中央棟から東棟へ伸びる回廊に集まったのは、ルドガー捜査官のほかに第一部隊隊長イーヴォ、第一部隊副隊長ゲレオン、彼らを呼びだしたジルド審問局長。テオドアとデヂモ、痺れて意識を失ったままのロウ。

それから、テオドアたちを襲った五人の襲撃者。彼らは水晶《クリスタル》に封じられて身動きが取れずにいるけれど。もう少し正確にいうと、ただひとりを除いて意識も封じられている。

「我々を呼びつけてなんの話だ」

「なんの話って、この面子《メンツ》でわからないわけないでしょ」

苛立つルドガーを宥めることなく、逆に挑発するようにテオドアが言った。すると、争いの気配を感じて興味をそそられたのか、ゲレオンが目をきらめかせてテオドアとルドガーの間へ割り込んでくる。

「お。なになに喧嘩？　オレは呼ばれた理由がさっぱりわっかんねーけど、コレ、なんの集まり？」

「お前は私についてきただけだろう。……魔術士よ、そこで寝ている男を差し出す、という話か」

イーヴォが静かにそう問うた。ゲレオンもイーヴォも、城壁前でロウに蹴り飛ばされたことなど気にしていない、というような割り切りようだった。

これが騎士なのか。騎士の気持ちの切り替えようか。テオドアが感心していると、乱立する水晶に関心が移ったらしいゲレオンが、イーヴォの袖を引いて水晶を指さした。

「でもたいちょー、なんか知らん間に生えてる、あの水晶は？」

「いいところに目をつけたな、第一部隊副隊長。あれは俺が組み上げてテオが実現させた拘束解析魔術式だ。素晴らしかろう？」

ジルドが自分のことのように胸を張る。その様子に怯んだゲレオンが、わずかばかり愛想笑いを浮かべて頷いた。

そんな微笑ましい様子を眺めていたテオドアが、にこりと笑って結論から告げる。

「端的に言うけど。ロウ第三部隊副隊長は、デラクレス第三部隊隊長を殺害した犯人じゃあ、ない」

はっきりと言い切ったテオドアに向けられた視線は、両極端だった。疑わしげで面倒臭そうな視線、それから、よく言ってくれたと歓喜する視線。

どちらの気持ちもよくわかる、と心の中で同意しながら、テオドアは言葉を続けた。主に、険しい顔をしたルドガーに向かって。

「ルドガー捜査官、あんたのやり方が間違いじゃないのはわかってますよ。ロウ副隊長にはわかりやすい動機らしきものがあって、疑わしき第一発見者。なおかつ、剣の天才と謳われた隊長に唯一手が届く実力者。そしておれの魔術で視た犯人と同じ顔をした男」

「それならば、なぜ。なぜ、否定するのだ、オラニエ上級審問官」

「正直、おれがただの魔術士で、ただの審問官なら、捜査官の方法を肯定してる。でもね、ルドガー捜査官、あんたは少し急ぎすぎたし、おれは優秀だった。だから、そうはならないんですよ」

テオドアはそう言うと、ゆっくりと眼を瞑り、祈りと戒めの言葉を舌に乗せた。

「――万人に望まれなくとも」

震える喉に音が乗り、重ねた魔術式に魔力を注ぐ。多重的に広がってゆく魔術式が、回廊を埋め尽くす。

「祈りを共に分かち合い、祝福を授け給う――試式悉號《しちごう》」

言葉とともに目を開き、同時に魔術式を展開する。テオドアの淡褐色《ヘーゼル》の眼が、黄緑色に光りだす。と同時に、テオドアの頭がズシリと重くなるような錯覚。きっとまた、いくつか記憶の関連付け《リンク》が失われたのだ。

「これは、一体……なにを視せられているんだ？」

困惑したルドガーが黒縁眼鏡を額に押し上げて、何度も目を擦っている。

それは、テオドアが視ている世界を共有できる術。展開している限り、毎秒ごとに魔力がごっそり減り続ける広範囲型高位魔術式。

普通、魔術式はその展開と発動に、詠唱あるいは儀式のような決まりごと《シークエンス》は必要としない。けれど、高位魔術式となれば話は別だ。

世界の在り方を変え得る高位魔術式は、ほんの少しでも式を違えば、供犠《サクリファイス》が生命に直結する。だからこそ、決まりごとを設けて式を違えても生命を捧げずに済むように、失われるものが少なくて済むように、と祈るのだ。

テオドアは、回廊にいる者たちに魔術式が行き渡ったことを確認してから、ポツリと告げる。

「おれには、視えるものがあるから」

ハッと息を呑む音があちこちから聞こえた。

「皆さんには一時的に、おれがどんな風に世界を視ているのか共有しました。魔術や魔力を使ったときに灯る光。魔術の痕跡、魔術痕色。皆さんが視ているのは、それです」

けれど、ジルド以外はみな騎士だ。どれだけの騎士がテオドアの言葉を理解できただろうか。少なくとも、ルドガーは理解したらしい。感心したように頷いて、何度も目を閉じたり開いたり、片目を瞑ってみたりしている。

こういう、変に柔軟で素直なところがこの男の評価すべき点だ。そして、捜査所感が食い違ったとしてもテオドアがルドガーと反目するところまでいかない理由でもある。

「オラニエ上級審問官。君は我々に、なにを視せたいのか」

「そうせっかちになるなよ、ルドガー。虹彩と瞳孔の絞りを変えているんです、慣れるまでもう少し時間が必要でしょう」

そう言って時間を稼ぐテオドアの耳に、待ち望んでいた足音が届いた。

「遅れてすみません、テオドアさん」

息を切らせて駆けつけたのは、救護員のエジェオだ。エジェオは抱えていた数枚の紙束と割れた小瓶《アンプル》が入った密封瓶をテオドアに渡した。

「例のアレ、テオドアさんが言っていた場所で見つかりました」

「エジェオ卿、ありがとう」

「……オラニエ上級審問官。まさか衛生局を動かしたのか？」

顔を顰めて苦言を呈するルドガーに、テオドアは舌を打ち鳴らしながら、立てた人さし指を左右に振る。

「ルドガー。今日いっぱいまでは、おれに全面的な捜査権があることを忘れてないか？」

そう言いながらエジェオから渡された紙束を受け取ったテオドアが、紙面に目を通す。

密封瓶の中に封じた小瓶の正体、そして、それがどこにあったのか。テオドアが求めていた情報がそこには書いてある。

鍵はすべて、この場に揃った。

テオドアはひとつ、深呼吸をした。吐いて、吸って、背筋をピンと伸ばし、顎を引く。そうして腹式呼吸で声を張った。誰も彼もに届くように。

「ルドガー捜査官。すべての準備が整いました。真の犯人を差し出しましょう」

テオドアが指さしたのは、すでに背景と同化しつつあった水晶壁だ。五人の襲撃者が封じられている、ソレ。

解析がすべて終わった水晶の表面には、彼らの所属と名前、騎士階梯や剣技のレベルまで、様々な個人情報が表示されていた。

彼らの所属は、四人が第三部隊。それから警察局の騎士が一人。水晶の解析結果によれば、マエル、ドナシアン、スティン、ワシリ。そして、レメク。

そう、レメクだ。Lからはじまる音の名前。ロウが、友人ということになるのだろう、とはにかんだ男の名前。ロウが庇わなければ、と思ってしまった仲間の名前だ。

無申告で魔術を使う騎士。それこそがレメクだ。

この男が魔術を展開するとき、瞳の奥に赤紫色が仄暗く灯る。テオドアがデラクレスの記憶を参照したときに視た、ロウの眼の奥で光った色と、同じ色。

「デラクレス卿を殺害したのは、この水晶に封じられている第三部隊のレメクだ」

「オラニエ上級審問官、その男が真の犯人だとして、証拠は?」

「おれが魔術で視た死者の記憶。その証言は、証拠能力の高い資料として扱われますね? それと同等の証拠能力と証明力があるものをお見せできます。ただの伝聞証拠ではない、もっと直接的で決定的な」

そう言ってテオドアは、ルドガーに向けてニコリと笑った。魔術を少なからず展開しているために、精神的余裕《リソース》を節約しているせいで仕事用の無個性な笑顔だったからか、ルドガーに嫌な顔をされてしまったけれど。

そんなルドガーに肩をすくめながら、テオドアは話を続ける。

「いやね、デヂモ卿が、実にいい仕事をしてくれたんですよ。彼が審問局に証言をする、とどこかで聞いたんだと思うけど。焦って正体をあらわした。ああ、もしかしたら今朝方、光を掲げる者《ルキフェル》があらわれたからかもしれませんけど」

「……オラニエ上級審問官、話が見えてこないのだが。レメク第三部隊員が犯人だとして、その名前は我々の『疑わしき者のリスト』に入ってはいない」

「それは警察局のリストに、ですよね。あーヤダヤダ。これだから騎士団直轄の組織は。ボク、警察局に証言しに行きましたよね。話も聞かれずに追い返されましたけど」

ルドガーに捻くれた口調で反論したのはデヂモだった。くちびるを子供のように尖らせて、反抗の意をわかりやすく示している。

それが面白くて、つい、うっかり。

「あらら、そんなことしたのルドガー？　ロウが黙秘を決めこんだところに、うちのボスから圧力かけられてムシャクシャしてたからって、貴重な協力者にあたるのはよくないんじゃない？」

「く……っ！」

ルドガーに気やすい口調で突っ込みを入れると、ルドガーは、もう、なにも言えなくなって、短く呻いたあとで黙ってしまった。悔しそうにテオドアを睨み、けれど気まずそうにデヂモを見ている。

テオドアはそんなルドガーを気にせず続けた。観客あるいは証人、もしくは関係者は、ルドガーだけではないからだ。

「まず、重要なのは、どうして？　ではありません」

テオドアはそう言って、水晶に封じられているレメクを見た。レメクの意識は唯一、落とさず活かしているから。意識はある、けれど、動きと口は封じたまま。

なにも反論できずに、己が犯人である、とその証明をされている、というのはどのような気持ちだろう。そんなことを、ふと思う。思って、じわりと心中に黒いモヤが広がってゆくような感覚に襲われた。腹の底がシクシクと痛むような、心臓の裏側がぎゅうっと縮こまるような。今のレメクの気持ちが、テオドアは痛いほどよくわかる。

けれどテオドアは、頭をフルフルと振ることでソレを振り払い、証明し続けてゆく。

「では、どうやって？」

「レメク隊員がどうやってデラクレス第三部隊隊長を演習場に呼びだしたのか。いや、呼びだせたのか、ということか」

端的にまとめたのは、いつの間にか精神的な復活を果たしていたルドガーだった。なんて、タフな男だろうか。と感心しながら、テオドアは小さく頷く。

「それから、どうして我々はロウが犯人だと疑ってしまったのか、ということも」

「それは、ロウ副隊長が第一発見者だったから、だが」

「でも、それだけだと弱い。そう思いませんか。ルドガー捜査官がロウを犯人だと誤認してしまったのは、なぜ？」

「……オラニエ上級審問官が、そう証言したからだ」

「そう。おれの証言は、証拠能力が高いと定められたものだから。だからルドガー捜査官は証言をしにきたデヂモ卿の話を、聞く価値なし、とした」

テオドアはひとつ、深呼吸を挟んだ。深く吐いて、それから吸う。そして自嘲気味に笑って、気絶したまま目を覚まさないロウの姿を見た。

「はは。おおむね大体、おれのせいなんですけど」

だからこの証明は、すべて、ロウのために。自分の証言で犯人扱いされてしまった無罪のひとのためにある。

「まあ、この事件における犯人の前提条件は、犯人が真っ当な騎士である、ということだけだったから。殺されたのは剣の天才で、そんなデラクレス卿に手が届くのは、真っ当な方法で鍛錬された、真っ当な騎士でしかありえない、と思いこんだのが間違いだった。隊長の記憶にかかったノイズを軽視すべきじゃなかった」

テオドアはレメクをジッと見つめながら、話し続ける。もう少し正確にいうと、レメクを封じている水晶に表示された、ある情報を、だ。

水晶には、レメクが中級から上級相当の魔術を使えることが記載されていた。増強剤を使って一時的に魔力が増加している、ということも。

「だから、魔術が使える騎士がいて、その騎士が団に申告していない。なおかつ、不審な行動をとっていたなら……それはもう、一番疑わしいってことでしょ」

エレミヤ聖典騎士団では、程度の差にかかわらず、魔術を使用する者は申告と申請をする必要がある。

魔術を使えることがわかった時点で、部隊配属を解除される。そうしてルドガーのように警察局だとか、あるいはエジェオのような救護員だとか、とにもかくにも非戦闘員として配置転換されてしまうわけだけれど。

「レメク隊員が魔術を扱う騎士だ、ということか。オラニエ上級審問官？」

「そう。無申告の魔術騎士」

テオドアはこくりと頷いた。

「犯人は、おれの引っかけに見事な回答をしましたよ。普段、魔術を使わず魔力の存在すら身体能力を底上げする便利な力、としか認識していない騎士が、記憶を読み取る魔術を使って倒れた理由を、魔力負荷がかかっていたから、なんて表現はしない。あれは魔術を使う者じゃなければ言えない反応だ」

ここは、騎士団だ。好きこのんで魔力を放棄し、物理力を高めることを望んで入団する者が多数派な異端の集まり。

だから隠したのか。あるいは、ルドガーのように馬鹿正直に申告して、後方部隊へ転属させられるのを嫌ったか。

「さて。疑わしきレメクが、どうやってデラクレス卿に近づき、どうやって演習場に誘ったのか、ですが。簡単だ。卿は魔術を使った。レメクは魔術を使えるのだから」

テオドアは当たり前のことを当たり前のように、さらりと言った。

「そこの水晶が示しているから、レメク隊員が魔術を使える。というのは無理がある。レメク隊員は今も前線で剣を振るっているじゃないか」

「それこそ水晶をよく確認してください。増強剤ですよ、連盟製の禁止薬だ」

テオドアはそう告げると、森で襲撃された後に拾った空瓶を小鞄《バッグ》から取り出し、掲げて見せた。するとすかさずエジェオが小瓶を鑑定し、

「……確かにそれは、増強剤が入っていた瓶ですね」

と。テオドアの主張を裏付けた。

「増強剤で魔力を底上げして魔術式を行使したのでしょう」

「うわ、無茶するなぁ……きっと内臓はボロボロになってますよ」

エジェオが痛々しいものを見るような目で、水晶に捕らわれたレメクを見やる。戸惑っているのは騎士だけだ。魔術に馴染みのない騎士たちだけ。

ここから先は、ただの状況整理と情報出力《アウトプット》だ。デラクレスの記憶を視たテオドアにしかわからない連続した話《エピソード》を繋げて共有するための儀式。

それをスムーズに行う必要がある。だから、騎士たちの戸惑いによる騒めきを裂くように、テオドアはイーヴォに言葉を投げた。

「イーヴォ卿。デラクレス卿が殺される前、隊長と話していますね？」

「ああ……演習場が空いているか聞かれた。だから私は、屋内演習場なら空いている、と答えたが」

「目的は聞いていませんか？」

「聞いている。第三部隊副隊長ロウと手合わせをする、と。珍しく誘われた、いつもは不意打ちで来るのに、と嬉しそうに言っていた」

「そのとき、デラクレス卿に異変は感じませんでしたか？」

イーヴォは思い当たる節がなかったのか、すぐに首を振った。

「……特には。ただ、しきりに目を擦っていたのは記憶している」

「ありがとうございます。……デラクレス隊長は、視覚に関係する魔術をかけられたんでしょう。レメクは実に上手く広範囲偽装魔術式を使っていましたよ。中級相当の魔術式をね」

「なー、そんな魔術が騎士に……あの狂人に効くとは思えねーんだけど」

横から口を挟んだのは、ゲレオンだ。無邪気な疑問を吐き出して、テオドアに不審な目を向けている。そんなゲレオンの疑問を解いたのは、意外にもイーヴォだった。

「デラクレスは魔力炉を完全に塞ぎ、更なる高みを目指すための儀式を受ける準備を進めていた。一時的に魔術抵抗値が下がっていてもおかしくない」

「貴重な情報、ありがとうございます、イーヴォ卿」

記憶の中でデラクレスは、頻繁に目を擦っていた。目から入った情報に対してなんらかの改竄を受けていた、ということだ。

もしかしたら、視覚情報だけじゃないかもしれない。レメクの声をロウの声だと認識するようにされていたはずだ。そうでなければ、あのロウの特徴的な低音を、他の誰かの声と間違えるはずがない。

つまり、こうだ。

「レメクの姿をロウであるように錯覚させられたデラクレス卿は、レメクの誘いに応じて演習場へ」

これだけでは、まだ弱い。こんな推測だけでは、誰も納得はできない。だからこそのデヂモだ。彼の証言がテオドアの推論を事実として後押しする。

イーヴォに話しかけたときとは違い、幾分か柔らかい声音でテオドアはデヂモに確認を取った。

「演習場へ行く前に、デラクレス卿は第三部隊の隊員と立ち話をしています。そうですね、デヂモ卿」

「そうっす。ボク、見ました。隊長とレメクが演習場に入っていくとこ。それに、その前は隊長とレメクが個人演習の約束してたし。珍しいこともあるなって思って」

デヂモはそこで一度区切ると、それに、とつけ足した。

「隊長は自分を盲信する人間を、意図的に遠ざけていますから。だから、隊長を盲信しているレメクと話してたのが珍しくて。それを隊長にも言ったんすけど、なんかスルーされたんすよね。ボク、ロウ副隊長派なのにぃ……」

「と、まあ、魔術をかけられていないデヂモ卿の眼には、彼らのやり取りが正しく映っていた、ということでしょう。だからデヂモ卿も襲われた。審問局を訪ねていなければ、殺されていたかもしれない」

「うえぇ……マジかー」

デヂモが思い切り顔を歪めて舌を出す。

「でも審問局にボスがいたから助かりましたね、よかった」

「ほんとですよー。髪を犠牲にしてまで助けていただいて感謝してます、ジルド局長！」

「ははは、デヂモ君が気にすることはない」

デヂモに向かって爽やかな笑顔を向けるジルド。いつも顰めっ面か、悪いことを企んでいるような顔しか見たことがないテオドアは、その笑顔の見慣れなさに背筋をゾゾと震わせながら、咳払いをひとつ。

「そういうわけで、デヂモ卿がデラクレス卿に無視《スルー》されてしまった理由がわかりましたね。彼が行使した魔術式は、視覚だけじゃなくて聴覚にも作用する魔術だったから」

と説明をしている途中で、テオドアは嘆息しそうになった。

だって、なんて発想とその実現力だろうか。声色だけでなく、ある特定の言葉や名称を誤魔化せる、だなんて。一体、何本の増強剤を服用したのか。あるいは、魔力の消費を抑えることができるほど洗練された魔術式を開発していたのか。

レメクが罪を犯していなかったのなら、是非ともその魔術式について教示してもらいたかった、だなんて思っていると、ルドガーが苛立たしげに腕を組み、険しい顔でテオドアをジッと睨んでいた。

「では、毒物は。ネルウス魔障水銀は、騎士団内で保有していた記録はない」

「ないでしょうね、ネルウス魔障水銀は魔術式を用いなければ生成できない毒物なので。簡単に生成できるものじゃない。それこそ、工房レベルの施設が必要だ」

「そんなもの、騎士団にはないぞ」

「ええ、ここにはない。けれど、深淵の森にはある。森の東側。不規則に観測される光。そう、『光を掲げる者《ルキフェル》』ですよ」

「辿り着いたのか!?　調査隊でも見つけられなかったというのに」

ルドガーの声がわずかに裏返る。眼鏡の奥から覗く深緑の目が大きく見開かれた。

「……そうか、今朝見かけたあの光はオラニエ上級審問官が」

「ええ。おれでなければ辿り着けなかったでしょうね。古い遺跡の塔でした。ともかく、その遺跡を隠れ家にしてネルウス魔障水銀を生成し、城砦に持ち込んだ。増強剤もそこにありました。そして、ここに遺跡で見つけた蒸留用の試験管があります」

テオドアはそう告げると、意識を失って倒れたロウを労った際に、密かに探って持ち出した試験管を長衣のポケットの中から取り出した。そうして次に、エジェオに向かって言葉をかける。

「エジェオ卿。犯行に使われた毒物――ネルウス魔障水銀の空になった小瓶が、どこで見つかったか教えてください」

「見つかったのか？」

「はい、ルドガーさん。テオドアさんの伝言をデヂモさんが伝えてくださったので、すぐに見つかりましたよ。本当にありがとうございます。ネルウス魔障水銀は、魔術を嗜む人間にとっては猛毒ですから。汚染された瓶が行方不明のままというのは、安心できませんからね」

エジェオは少し興奮したように滑らかに告げた。それを聞いたルドガーが、ひくりと頬を引き攣らせてしばし葛藤した後、行き場のない思いをぶつけるかのようにデヂモを問い詰めた。

「……っ！　デヂモ第三部隊員、なぜ私に言わない！」

「ルドガー捜査官はボクなんかの話、聞いてくれないでしょ」

ツン、と澄ましてルドガーから顔を背けるデヂモに、ルドガーが悔しそうに呻く。奥歯をギリギリ噛み締めて、こめかみには青筋が浮かびそうなほど。けれどルドガーは事件解決のために私情を挟まない。息をひとつ吐き出して、すぐに気持ちを切り替えた。

「……エジェオ救護員、続けたまえ」

「は、はい。テオドアさんの伝言は、レメクさんの行動範囲内を探せ、というものでした。だから捜索したんです。その結果、空小瓶がレメクさんの私室から発見されました。ネルウス魔障水銀を封入していた小瓶です」

そう言ってエジェオは、割れた小瓶を封入した中型の瓶を掲げて見せてから、それをテオドアに手渡した。

割れた小瓶《アンプル》。遺跡の塔の最上階で見たものと同じもの。ネルウス魔障水銀と書かれた紙片《ラベル》が張ってある。間違いない、ひとつだけ持ち出された瓶は、この瓶だ。

テオドアは人知れず微笑むと、試験管と中瓶とを掲げながら観衆に呼びかけた。

「さて、皆さん。ネルウス水銀を魔障汚染すれば生成可能だ」

「……ネルウス魔障水銀は、どうやって生成されるか知っていますか？」

「正解です。さすがルドガー捜査官、よく知っていますね。魔障汚染……ようは、呪いのような魔術式で汚染することによって生まれる毒物です。魔術を使うなら、その痕跡がおれに視えないはずがない」

告げたテオドアの目が光り、鮮やかな黄緑色の光が灯る。

「遺跡に残されていた試験管と、レメクの私室から見つかった空瓶。それから、レメク自身がまとう魔術痕色。この三つが同色であれば、それはつまり、犯人はレメクということです」

テオドアの魔力を視認する眼が、試験管と中瓶に封じられた小瓶、それから水晶に囚われているレメクがまとう魔力の痕跡を浮かび上がらせる。

ゆらり、と仄暗く立ち上る赤紫色の魔術痕色。

「……完全に、同色だ」

ルドガーが放心したように呟いた。誰もが皆、彼の発言に同意したように頷いている。

けれどその一方で、イーヴォがボソリと低く疑問を口にした。

「……我々が視ているこの光景が、魔術によって改竄されていないという保証は？」

イーヴォの疑問はもっともだ。だからこそ、テオドアは不敵に笑った。

「ありますよ、ここに」

テオドアは吊り下げ式の小鞄《バッグ》から小さく丸めた誓約の巻物《スクロール》を取り出し、掲げて見せた。

「おれとボスは、審問官としてエレミヤ聖典騎士団に赴任した際に、誓約を交わしているんです。魔術によって真実を偽らない、と。誓約を破ればおれ達の心臓は止まります」

「それも魔術か？　魔術とはそんなにも都合のいいものなのか」

「ええ、そうです。そうですよ。使用者の都合がよくなるように開発するんですから、都合がよくなるのは当たり前です。けれど、万能ではない」

それが、魔術だから。世界の理《ことわり》を改変するような術式は成り立たないし、解明されていない事象を実現することもできない。けれど、それ以外ならば、割となんでもアリなのが魔術だ。

そして、そんな都合のよい魔術を使うための機会《チャンス》は、万人に開かれている。創世の魔女によって、生命あるものはみな、魔力を授かって産まれてくるのだから。

「だから、そんな都合がよくて使い勝手のいい魔術を、魔力を、あえて捨てようとする騎士のみなさんの気持ちは、正直よくわかんないです」

と。うっかり、テオドアの本音がボロリとこぼれた。苦い顔をしているのは上司であるジルドだけ。

しまった、失言だった。これが解決したあとで審問局に戻ったら、ジルドの小言をくらうことになるかもしれない。と、背筋をゾッとさせながら、テオドアは仕切り直しをするために、わざとらしく咳払いをした。

「――話が逸れました。イーヴォ卿、もうひとつ確認が。デラクレス卿と別れたあと、ロウと話しましたね」

「ああ。屋内演習場でデラクレスがロウを待っているぞ、と」

「イーヴォ卿は結構、律儀なんですね」

「いや。演習棟のほうから歩いてきたレメクに……デラクレスが、ロウを待って、いる、と……」

証言していて気がついたのか。尻すぼみに言葉を失い、更には顔から血の気の色も失ってゆくイーヴォの様子に、ルドガーやデチモも気づいたようだった。

レメクがロウを嵌めようと明確に画策していた、ということに。

「ルドガー捜査官、イーヴォ卿。あなた方を焚きつけておれとロウ副隊長を捕らえるように言ったのは、誰です？　おれ達が城砦から離れたことを告げたのは？」

ダメ押しのように、テオドアはさらに言葉を重ねた。

「……っ、それ、も……レメクだ」

「これでもう、わかったと思いますけど。真犯人はレメクで、ロウは彼に嵌められただけだった」

テオドアがロウの無実を宣言すると、誰かがゴクリと喉を鳴らす音が聞こえた。次に聞こえたのは、深く息を吐き出す音。ひりつく緊張感が支配していた空気が、徐々にゆるゆると解けてゆく。

ルドガーは眉間に皺を刻んだまま目を閉じて、なにか考えている。イーヴォは表情があまり変わっていなかったけれど、顔色は悪いままだ。もしかしたら、覚えなくてもいい罪悪感を覚えているのかもしれない。

「ロウ副隊長～！　よかったなぁ！　……って、まだ起きてねーのかよ。起きろ、起きろよロウ副隊長殿～」

デヂモはホッとしたようでニヤけた顔でロウのもとへ駆けて行った。そのロウはまだ目を覚まさない。ちょっと起きなさすぎでは、と心配になってくる。見かねたエジェオがロウのもとへ駆け寄る姿を横目で見ながら、テオドアは周囲をジッと注意深く見渡した。

ジルドは周りの様子などどうでもよさそうな顔で、レメクたちを封じている水晶壁を眺めている。あれは襲撃者《なかみ》ではなく、水晶壁《そとみ》を分析している顔つきだ。

そして、封じられたまま意識だけ活かされて、一方的にテオドアの演説を聞かされていたレメクは、というと。

怒りと屈辱で顔を赤黒くさせていた。せっかく整った顔立ちをしているというのに、台無しだ。赤い眼を吊り上げ、叫びたいのに喉は震えない。その心情は、いかなるものか。

決してレメクに同情したわけではない。ないのだけれど、物言えずこのまま、というのは、テオドアの信念に反する。たとえそれが、罪を犯した者であっても。

だからテオドアは、レメクに向かって微笑んだ。あくまでも仕事用の無機質な笑顔で、だけれど。

「まあ、このまま弁解の機会も与えられず捕まるというのは、きっと彼も無念だろうから、言い分くらいは聞いておきましょう。万が一にも、冤罪が起こってはいけませんし」

「ネルウス魔障水銀の空小瓶がレメクの私室から出たのだ。これ以上の証拠はない。今更話を聞く必要があるのか？」

「それが、おれの仕事だから」

　テオドアがパチンと指を鳴らすと、レメクを拘束し封じていた魔術の一部の式が、スルリと解けた。つまり、口と喉が解放されて喋れるようになったということ。

　声を出せることに気づいたレメクは、ギャンギャンと犬のように吠え立てた。

「解放しろ！　私を捕らえるということは、それ自体が騎士団にとって不利益となるぞ！　いいからさっさと解放しろ！」

「あらら、第一声がソレですか。正直なのか、尊厳《プライド》が高いのか。あんた、やってない、とは言わないんですね」

「……っ！」

　まあいいや、と呟いたテオドアは、図星を突かれたかのように奥歯を噛み締めて黙ったレメクに近づいてゆく。

　サク、サクと芝を踏み締めながら歩くテオドアは、すでに魔術式を編みはじめていた。今、こうして会話をしている精神的余裕《リソース》以外は、すべて式の構築へ回してしまう。

「おれの医療魔術士《ドクター》には止められてるんですけど、やっぱり視たほうが早いんで」

「おい、テオ。やめとけ、死ぬぞ」

「大丈夫ですよ、ボス。デラクレス卿を視るのに使ったほうじゃなくて、簡易版のほうを使います。問題ありません、医療魔術士《ドクター》に許可と補助用の魔術式をもらいましたから」

　テオドアは得意げに胸を張り、ポケットに突っ込んでいたせいでくしゃくしゃになっていた手紙を取り出して宣言した。そんな自信満々のテオドアを、ジルドは信じられないものを見たような目で問い詰めた。

「はぁ？　そんな術式を開発したなど聞いてないぞ！」

「言ってませんし、まだ開発途中なんですよね」

「それなら尚更だ！」

やめろ、とわめくジルドの言葉は無視をした。ついでにジルドの脚を大地に縫い止める簡単な魔術もかけておく。

テオドアが使う記憶参照の魔術には、確かに使用制限がある。とはいえ、医療魔術士《ドクター》からは、記憶参照魔術の連続使用は控えろ、としか言われていない。第一、医療魔術士《ドクター》の許可は取ったのだ。と、屁理屈をこねて式を編む。

今、展開しようとしている魔術式は、厳密に言うと記憶参照ではない。視覚と聴覚だけを抜きだして視るだけの、簡易版。生きている人間への使用に耐えるよう調整した魔術式である。

魔塔でのテオドアの二つ名は『天井知らず』。魔力総量を計測する道具を二度ほど壊した過去がある。

テオドアの魔力量ならば、たとえ記憶参照魔術であっても理論上は連続使用にも耐え得る、という試算を出したのは使用制限をかけた医療魔術士《ドクター》だ。

そもそも、連続使用不可の制限がかかっているのは、消費魔力量に伴うものではなく、もっと物理的な身体負荷が理由である。テオドアの身体が、器が、魔力と魔術に耐えられないから。

いくつもの記憶の関連付け《リンク》が途切れてしまい、大切な思い出を呼び出せなくなるから。記憶はリンクの弱い古い記憶から切れてゆく。記憶そのものは頭の中にあったとして、それを呼び出せなくなるのなら、記憶が消えてしまうのと同じこと。

いくら簡易版であっても、肉体への負荷が高い魔術であることに変わりはない。使用対象への負荷を軽減するために、多大なる余剰魔力《リソース》を割かなければならないから。

けれど、とテオドアは思う。けれど魔術士には、やらねばならぬ時がある。たとえそれが、死の淵を歩くようなことであっても。

「おい、やめろ。暴くな！　私と隊長だけの時間を汚されてたまるか！」

身動きの取れないレメクが激しく抵抗を見せる。口だけでしかできない抵抗は、果たして真の意味での抵抗だろうか。

どのみち、弁解の機会を与えられたというのに有効利用しなかったレメクには、もう、この方法しかない。

「大丈夫、頭の中を覗くなんて高度で悪趣味な魔術ではないんで。網膜に焼き付いた記録《ログ》を覗いて眼を奪い、鼓膜に残った音波の記録を可逆的に再生するだけだから。……もしかしたら、目か耳が使えなくなるかもしれませんけど、幸いにもここにはエジェオ卿がいますしね。大丈夫ですよ、なにも心配はいらない」

その言葉と同時に魔術式は完成した。テオドアの物騒な言葉に、レメクの顔が引き攣るのが見える。そんな些細なことは無視をして、完成した魔術式を開くための魔力を放出してゆく。

「——この祈りに意味はなくとも」

テオドアはレメクの額にそっと触れ、次に彼の目と耳に祈りを捧げた。

「失い難き刻よ、虚に惑わず過ちを映し給う——試式勒號《ろくごう》」

祈りにも似た言葉とともに展開した魔術式が、静かに開いてゆく。花が咲くように開いた魔術式はやがて砕け、レメクへ向かって降り注ぐ。

そうして、黄緑色の光が灯るテオドアの眼。その視界の上に、レメクの記録《ログ》が走りだした。

レメクを拘束している水晶壁がざわりと一度身震いし、静まったところで音声つきの記録《ログ》が投映されてゆく。

それはつまり、レメクがどうしてデラクレスを殺したか、という回答《こたえ》だった。

×　　×　　×

その記録《ログ》は、唐突にはじまった。

中央棟の屋内演習場。四方に開けられた明かり取りの窓から光が差し込んでいる。時刻は正午か。南側の窓から差し込んだ光が北方向へ伸び、その長さが短かったから。

石造りの壁と天井。オレンジ色を灯す洋燈。ぶつかり合い弾き合い、また打ち当たる剣戟の音。荒い息づかいはひとつだけ。もうひとつは楽しそうに笑っている。

演習場に備えつけられたなんの銘もつけられていない剣で、彼らは手合わせをしていた。レメクとデラクレスだ。

「ははは、今日の趣向はなかなかにいいぞ！　面白いな、どんな手を使った？」

「それを答えると？」

「違いない！」

笑ったのはデラクレス。愉快そうに頬を緩ませて生き生きと剣を振るう。けれど、二度、三度、と剣を打ち合わせる度に、デラクレスの動きが鈍ってゆく。

ロウの振りをしたレメクは、淡々と剣を打ちつけ、流され、また打ち当ててデラクレスを追い詰めてゆく。

「ああ、楽しい！　楽しいな！　だが、この楽しい時間も残りわずかだ。俺はそろそろ隊長を辞める。後継はロウを指名しよう。後継はロウだ、お前ではない」

突如、デラクレスが豹変した。

それまで楽しそうに、満足したように、上機嫌で剣を太刀を浴びせていたというのに、急に冷えた声と眼差しでレメクを見やる。

　銀色の双貌には、赤紫色に光る小さな魔術式が浮かんでいる。だからデラクレスの眼は、視界は、耳や認知は、まだ誤認の魔術がかかっているというのに、だ。

「……っ、まさか、気づいて？」

「いくらお前がアレの太刀筋を真似たとしても、まるで似つかない。これで気づかぬほうがおかしい」

「そんなにあの男がいいのですか⁉」

「アレは俺が磨いた。至高の狼になり得る孤狼の騎士だ。第三部隊の隊長は、そういう男が相応しい」

　デラクレスはそう言うと、レメクから距離を取るように数歩退がった。そして、もう終いだと言わんばかりに剣を鞘に収めてレメクに背を向ける。

　その背に追い縋ったのはレメクだ。握っていた剣をガランと投げだし、デラクレスの背中に向かって大きく叫ぶ。投げ出した剣がうっすら濡れているのは、ネルウス魔障水銀が塗布されていたからだろうか。

「それは違う！　私こそ相応しい！　貴方に心底焦がれている、私のほうが！」

「お前では無理だよ。そうやってすぐに本心を叫んでしまうような、お前には。せいぜい小細工をして俺の動きを鈍らせることしかできやしない」

　言って、デラクレスは煩わしそうに目を細め、言葉を続けた。

「まあ、まやかしの術を用いたここまで苛烈な戦闘は、はじめての体験だった。そこは評価してもいい。だが、二度はない」

少しだけ。ほんの少しだけ上擦った声ののち、それとは真逆の硬い声。デラクレスはレメクに背を向けたまま、拒絶の意思をはっきりと示した。

だからレメクは静かに息を吐いた。吐いて吐いて、肺を空っぽにしてから息を吸う。

そうしてデラクレスへ殺気を放ちながら、投げだした剣を音も立てずに拾う。それから慎重に指先を動かして、懐に忍ばせていた小瓶《アンプル》を取りだした。

デラクレスの演説はまだ続いている。けれどレメクは、もう、デラクレスの言葉など聞いてはいない。

「だが、ロウは違う。あいつは本物だ。あいつだけは、俺の本気を受け止められる！」

感情と気分が乗って声を張り上げていることに、デラクレスは気づいていない。その声が、レメクの接近音を掻き消してしまっていることにも。

レメクは小瓶《アンプル》をパキリと折って、手にした剣に満遍なく振りかける。その音にも、デラクレスは気づいていない。

そして。

息を止めてデラクレスに忍び寄ったレメクは、彼を背後から抱き締め、脇腹へ一撃。深く切り裂いて別れを告げる。

「さようなら、私のデラクレス隊長。あなたの間違いは私を選ばなかったことだ」

——と。

記録《ログ》はそこでブツリと切れた。

×　×　×

「……隊長が悪いんだ。あのひとが、悪い。隊長を辞めるだなんて、そんなこと、あってはならない。ましてや、ロウに隊長の座を譲るだなんて、もってのほかだ」

静まり返った回廊に、レメクの身勝手な言い分が響く。テオドアはそれをただ黙って聞いていた。テオドアとジルド以外の人間は、怒りと虚しさで声を失っている。

「デラクレスは隊長の座から退いて、更なる高みを極めるつもりだった。お前の身勝手な思いで生命を奪われるなど……っ、クソ」

イーヴォの悲痛な嘆きは、レメクには刺さらなかった。レメクはもう誰の声も聞こえていないのかもしれない。

「剣の腕が少しいいくらいで取り立てられただけのあんな男に。あんな男に隊長の後継をくれてなどやらない。やりたくない。なぜだ、私のほうが、より強く、隊長を信奉しているというのに！」

「だからロウを犯人に仕立てようと？」

「そうだ。それ以外にどんな理由があるとでも？　あいつは孤児だ。けれど私は貴族の出身。私こそが隊長にふさわしい！」

「……ひとつ、聞いてもいいかな。ロウがあんたにネルウス魔障水銀の小瓶を渡したと思うんだけど」

「ああ、それならここにある」

レメクはそう告げると、身動きの取れない身体で視線を使って隊服の左胸を指した。そうして、怒りと悔しさが混じった笑みを浮かべ、朗々と声を上げた。

「ああ、惜しい。本当に惜しかった。審問官があいつを連れ出さなければ、この小瓶はロウの荷袋から発見されるはずだったのに！　なあ、今朝方、遺跡の塔に光を灯したのも審問官か？　私の工房に土足で踏み入り、荒らすだなんて礼儀がなっていないなァ！」

「それはもう、騎士の生き方、騎士の思考ではない」

地の底を這うような痺れる響きを持つ声が、騎士としてのレメクを断罪した。ロウだ。

ロウが目覚めたのだ。

ロウの琥珀の瞳が燃えている。怒りという名の黒い焔を宿した目で水晶に封じられたレメクを睨んでいた。目覚めはしても、首輪の効果がまだ残っているのか、ふらつく身体をデヂモに支えられて立っている。

「レメク、お前が殺したんだな」

「そうだ、と言ったらどうするんだ？」

「質問はしていない。確認だ」

そう言ったロウの姿が、ふ、と消えた。憎悪に取り憑かれた巨躯がレメクに襲いかかる。

落ちていた剣を拾い、渾身の力と憎しみを込めて復讐の剣を振るう。

しかし。

ロウが拾った剣は水晶に当たって中程からボキリと折れた。水晶の硬度が剣の硬度を上回ったのだ。

それを見たロウは、頭に血が昇ったまま感情の赴くままにテオドアを怒鳴りつけた。

「オラニエ！　魔術を解除しろ、俺が殺してやる！」

「止まれ、ロウ。レメクを裁くにはあんたの証言も必要なんだ！」

テオドアはそう叫ぶと、簡単な魔術式を編んでロウの首輪に向かって放った。魔術式を受けた首輪がバチバチと電気を放出しはじめる。隷属の首輪を強制的に起動したのだ。

「テオ、ドア……ッ」

首輪から放たれた雷に身体を打たれ、ロウは抵抗するも地に臥した。意識を刈り取るほどの威力が出せなかったのは、ロウの魔術抵抗値がテオドアの魔術式の出力値を上回ったから。テオドアは内心驚きながらも、努めて冷静に振る舞った。

「ロウ、おれに首輪を使わせるんじゃない。止まれ、おれに剣を預けると言っただろう」

思い出せ、約束を違えるのか。と、ロウに向かって首を振る。

そのひと言で、身体が痺れたままもがいていたロウが、動きを止めた。テオドアを睨みつけていた視線から険が取れ、信頼の眼差しへと変化する。

だからテオドアは、ほっとひと息。短く息を吐き出して、レメクと向かい合った。そうしてレメクが封じられた水晶にそっと触れる。

「……なぜ、殺したんですか？」

テオドアが搾りだすように吐いた問いに、レメクの赤色の瞳が爛々と輝いた。魔術痕色による赤紫色ではない。狂気によって濁った赤だ。

「私を選ばない隊長では、意味がない。それがわかったから殺した。殺すつもりはなかったが、殺さなければならなくなったから」

狂えるままに自白したレメクは、満足したような恍惚とした表情で、それ以上なにも言葉を発することはなかった。

終章　いかにして魔術士は無辜の死神に首輪を嵌めたのか？

石造りの回廊に、虚しさだけが吹いている。

抵抗の意思なし、としてルドガーがテオドアに水晶《クリスタル》の拘束を解くよう要請したから。テオドアがパチンと両手を打つと、水晶が光の粒子となって消え失せた。

解放されたレメクは、薄笑いを浮かべたまま喋らない。目の焦点も合っていなくて自力歩行もままならない。そんなレメクをルドガーが引き摺るように連行してゆく。

イーヴォとゲレオンは、レメクの逃亡防止用の護衛として彼らに付き添い、中央棟地下の牢獄へ向かった。

これで、終わり。お終いだ。

そう思って息を吐き出した途端、テオドアの身体がぐらりと傾いた。

複数人に自分の視界特性を共有し、水晶壁を通じてレメクの記録を視せる、という大がかりな魔術を使ったせいか、緊張が解けたテオドアは身体的負荷に耐えられずにその場に倒れたのだ。

「テオドア！」

ああ、ヤバい。顔面から地面にぶつかる。これは避けられない、と目を瞑るテオドアを、衝突寸前で抱き止めたのは、ロウだった。その夜色の髪は乱れ、琥珀の瞳には焦りが浮かんでいる。

琥珀の双眸の奥には、蛍火色の淡い光。わざわざ魔力を走力に変換してまで駆けつけなくてもいいのに、とテオドアは少し笑った。

復讐の機会を奪われてどう思ったか、レメクの話をどこまで聞いたのか、と確認したいことは山ほどあった。

けれど、疲れきったテオドアは睡眠欲に抗うことはできなかった。そうして、そのまま目を閉じた。

慌てて騒ぐ重く低いロウの声と、聞き馴染んだジルドの切羽詰まった声を子守唄にして。深く、深く、意識が沈んでゆく。

その翌日。

十分な睡眠と携行食による栄養補給によって回復したテオドアは、ロウに付き添われて東棟にある審問局執務室への復帰を果たしていた。

身体に痺れはなく、記憶も正常だ。とはいえ、記憶のリンクが切れたら、なにを思い出せなくなったのもわからないのだから、本当に正常なのかどうかはわからないけれど。

少なくとも、昨日の出来事はよく覚えている。

昨日、東棟はレメクの別働部隊の襲撃を受け、爆発音まで鳴り響かせていた。だから、棟内や室内はぐちゃぐちゃに荒れ果てているかと思いきや、まったくの普段通りである。ジルドがどうにか上手くやったか、テオドアが寝ている間に片付けたのだろう。

いつも通り、なにも変わるところのない執務室と執務机《デスク》。魔術関連の器具や書籍で適度に散らかった部屋、積まれた書類。特に書類の山なんかは、高さが変わらないどころか増しているような気がして涙が出そうだ。

「ロウ、こんなところまで付き合わせてすみません」

テオドアは、影のようにぴたりと寄り添うロウを見上げた。ロウの首にはまだ隷属の首輪がついている。首輪の主人から十メートル離れると、逃亡防止の電撃が作用してしまうから、どこへ行くにもロウを伴う必要がある。

「気にする必要はない」

テオドアに帯同して審問局執務室へ足を踏み入れたロウが、落ち着いた静かな声で答えた。相変わらずロウの目は凪いだように静かだ。

「俺は邪魔にならないよう待機している」

そうしてロウは、テオドアの一歩後ろで待機する。もう少し離れても問題はないのだけれど、と思っていると、

「テオ、もう大丈夫なのか」

すでに執務机に向かっていたジルドが、短くなった髪を掻き上げながら話しかけてきた。

ジルドは不揃いに刻まれた髪を整えて、以前の長い髪からは想像もつかないような短さ

に変えていた。襟足を刈り上げ、頭の上はふわっとさせて、快適そうではある。

けれど、この髪の短さと紫がかった銀髪、それに色付きレンズの眼鏡が組み合わさると、どうにも怪しい男にしか見えない。ジルドを知らない人間が見たら、ジルドが魔術士である、だなんて、認識されないだろう。まるで詐欺師のようだから。

テオドアはそんな無礼な考えをおくびにも出さずに、ニコリと笑う。

「ボス、おれは大丈夫ですよ。それより、髪。整えたんですね」

「もうすぐ本格的な夏が来るからな」

「イメチェンですか。いいですね似合ってます。胡散臭さ二割増しですよ」

「よく回る口だ。確かに回復はしたようだが、無理はするなよ」

ジルドが短く吐き出した息と小言を受けて、テオドアは大袈裟だな、と思いながらからりと笑った。

「だから、大丈夫ですって。あれくらいの多重式展開をしても問題はない、と医療魔術士《ドクター》にもお墨付きをもらっているんで」

「お前、本当に許可を取った上でやったのか？」

ジルドの鋭い指摘にテオドアの肩がギクリとすくむ。テオドアの後ろに控えたロウの視線が、どうしてか鋭く痛い。後ろめたい気持ちと、無事だったのだから、という思いがせめぎ合い、テオドアの背中が汗を噴く。

ジルドが色付きレンズ越しに険しくテオドアを睨みながら、ため息を吐いた。

「俺とお前で開発した拘束魔術式を破るような相手を再拘束するための魔術式、そのための碇《アンカー》魔術式。ロウ副隊長への肉体強化と複数人との視覚特性の共有。その上、生きている人間の記憶を再生し、共有させるだと？　お前の医療魔術士《ドクター》が許可するはずがない」

「ボス、ひとつ訂正を。生きている人間の記憶再生《メモリー》じゃなくて、網膜と鼓膜に残っている記録再生《ログ》です。この二つは厳密にはまったく異なっていて、魔力消費も身体的負荷も全然違うんですよ。だから大丈夫」

「高位魔術式を五重展開している時点で、お前はおかしいんだよ！」

「でも事件は解決しました」

ルドガーのことを笑えない。テオドアもまた、事件解決主義者であるから。はっきりと言い切ったテオドアに、ジルドが頭を抱えだす。

「解決はした。したが……」

「まだ、なにかありますか、ボス？」

ジルドがなにを言いたいのか、それがわからないほどテオドアは子供じゃない。けれど、魔塔時代からの長い付き合いであるジルドに心配されると、どうしてもむず痒い思いに駆られてしまうから。

にこりと笑ってとぼけたテオドアに、ジルドが何度目かのため息を吐いた。

「……お前、騎士の前で騎士を侮辱するようなことを言うなよ。それが本音であっても言う必要はなかっただろう」

「すみません。以後、気をつけます」

「わかればいい。ここは魔塔じゃない、俺たちの天敵である騎士の根城のひとつだ。ひとつのミスで命が飛ぶと思って行動しろ。それから、ロウ副隊長の首輪を早く外してやれ」

「あ。それもそうですね。はは、丸一日一緒にいたせいか、ロウが側にいることが当たり前になっていました」

テオドアが振り返ってそう言うと、どうしてかロウの表情が暗く曇った。

「俺から首輪を外すのか」

吐き出された声は少しも震えていなかったけれど、テオドアの胸を深く鋭く貫いた。まるで首輪を外してほしくはない、とでも言うかのよう。

なぜ、そんなことを。と、戸惑うテオドアが二の句を継げないでいると、ロウが言葉を重ねて再度問う。

「首輪を外すのか、オラニエ」

「なんでそんなことを言うんです。あんたの首に嵌まったその首輪。隷属の首輪は外さないと。あんたの無実は証明され、真犯人は捕まった。もう必要ないじゃないですか」

「この首輪を外したら、俺はもうオラニエの側にはいられなくなるのか」

「はい？」

「首輪を外したら、俺はお前の剣でいられなくなるのか」

漆黒に縁取られた琥珀色の目が、テオドアを求めるようにまっすぐ見ていた。

そんな真剣な目で、見ないでほしい。拠り所であっただろうデラクレスを失ったロウは、飼い主を亡くした犬か、群れのリーダーを亡くした狼のようにしょぼくれていたから。一度首輪を嵌めて繋いでしまった責任を取らなければ。そんな考えがテオドアの中に、うっすらと浮かび上がってきてしまうから。

テオドアは、ひとつ息を吐いた。テオドアは魔術士で、ロウは騎士だ。生きている世界が、見ている世界がそもそも違う。魔術士《テオドア》に縛りつけていいような存在じゃない。

息を吐いて、吐いて、更に吐いた。それから大きく空気を吸い込んで、テオドアはまっすぐ自分を見つめてくるロウの視線に堪えられず、目を逸らす。

「なに言ってんですか、あんたはもう自由でしょ。好きなところに行けばいい」

と。茶化すように軽く告げたテオドアの拒絶が、余程衝撃的だったのか。あるいは、自由がなにものなのか理解が及んでいなかっただけか。視線を落としたロウが呆然と、己の手のひらを見つめて呟いた。

「自由……俺が、自由？」

琥珀色の目に困惑が滲み出す。そんなロウの様子に、後者だったのか、とテオドアは心中で嘆息した。

ロウは自由だ。もう何者にも縛られない。

どこへでも好きなところへ行けばいいのに、と思うのに、一度首輪をつけてしまった責任を無意味に感じて、テオドアの胸がしくりと痛む。否、そんな痛みは気のせいだ。

およそ二日。困難を乗り越え、寝食をともにし、命を救い、救われた。ジルドとデチモのように、情が湧いて距離感がおかしくなっているだけ。

それに。

それに、もう、ゼロ距離で親しく付き合えるような人間を作ることは、ないのだ、と。そんなことはあってはならないのだ、と。テオドアの痛ましい過去が警告を告げるから。

「そう、自由です。全部あんたが決めていい。だから」

なぜ、首輪を外すことを先送りにするのか、というテオドアの疑問が吐き出されることはなかった。テオドアの言葉を遮るように、ロウが口を挟んだから。

「……オラニエ。付き合ってほしい場所がある」

「テオ、行ってやれ。ロウ副隊長、うちのテオドアをよろしく頼む」

「承知した」

テオドアの了承もなしにジルドが同行を許可してしまったから。そういうわけでテオドアは、ロウとともに執務室を出て東棟を後にした。

中央棟の地下、薄暗い監獄にレメクはいた。レメクは皮肉にも、ロウが入っていた牢に拘束されているらしい。

テオドアは、ロウを訪ねてこの地下牢に来た日が、つい一昨日のことであるなんて信じられない思いだった。一週間くらい経っているんじゃないか、と思うくらい圧縮され密度の高い時間を過ごした、ということか。

　それならば、ロウがテオドアから離れ難いと思っても仕方のないこと。そんな風に思いながら、テオドアはロウの背中を見守っている。

「レメク……」

　ロウが鉄格子越しに呼びかけた。けれど中から反応は返ってこない。レメクの癖のない銀色の髪が乱れている。仄暗く輝いていた赤色の目は伏せられて、もうなにも映していない。ロウの姿でさえも。

　地下牢に入る前、テオドアはロウに、レメクと話ができる状態ではないことを伝えている。それでも構わない、と言ったのがロウだ。後悔はしたくない、と。

「俺はお前を友人だと思っていた。頼りになる友人だと」

　低く響くロウの声だけが、地下牢に反響している。

「レメク、俺がお前を頼って渡したネルウス魔障水銀の小瓶を、どうして警察局に突き出さなかった。お前なら小瓶の出どころを偽れたはずだ。あれを出されていたら、俺の罪は決定的になっていただろう」

　レメクはなにも答えない。否、答えるための言葉は失われてしまったから。廃人同然となってしまったレメクに、ロウの言葉は届いているのか、いないのか。

「ロウ……」

　テオドアは、思わずロウに呼びかけていた。逞しいロウの背中が、泣いているような気がして、声をかけずにはいられなかった。

もう永久的に解決できない疑問。解けることのない問題。それをレメクに残されたロウが、深く長く息を吐き出した。まるで、未練や後悔を吐き捨てて、ここに置いてゆくかのように。

そうして気持ちの整理がついたのか、ロウがゆっくりと振り返る。その顔に涙は浮かんでいなかった。乾いた頬に普段通りの無感情を貼りつけて、ロウが口を開く。

「付き合わせて悪かった、オラニエ。行こう」

涙は流れていなくても、ロウの特徴的で目が覚めるような声は、確かにしっとりと濡れていた。

×　×　×

「吹っ切れましたか」

輝ける太陽の光に向かって階段を登るテオドアが、後ろに続くロウを振り返りもせず、そう言った。

迷いなく登ってゆくテオドアの後ろ姿に、どうしようもなく眩しさを覚える。チクリと刺さる抜けない棘が心臓を苛んで、痛い。ロウは地下牢から地上へと続く階段の途中、薄暗い闇の中で自然と足を止めていた。

「オラニエ、頼みがある」

いまだ暗闇の中に身を置くロウが、その顔に影を落としたまま告げた。

「隊長の、デラクレス隊長の最後を視せてくれないか」

絞り出すように吐き出した懇願は、思いのほか震えていなかった。

隊長の死を目の前にしても震えなかった己の声だ。少しくらい感情を映してくれてもいいのに、だなんて思いながら、太陽を背負って振り返るテオドアに向かって訴えた。

「隊長がどのように剣を振るい、なにを告げたのか。知る術があるなら、視ることが叶うなら、俺はそれを望みたい」

石造りの階段にロウの声が反響して、永遠にも近しい刻を錯覚する。ロウの心拍数は落ち着いていた。視線はまっすぐテオドアを見ている。ロウよりも三段高い位置で止まったテオドアは、頭を掻きつつ唸っていた。

魔術士の魔力は無限じゃない。使えば減るし、減ったら自然回復を待つしかない。

デラクレス殺害事件に関わってからテオドアは、高位魔術を頻繁に行使していたから。ひと晩寝たくらいで回復するようなものではないことくらい、騎士であるロウにもわかる。

テオドアはひとしきり唸った後で、長くて重い息を吐き出した。

「本来なら、医療魔術士《ドクター》の許可が必要な事案ですよ、それ」

「やはり難しいか」

「勝手に諦めないでくださいよ、ロウ。本来ならって言ったでしょ。……いいですよ、それであんたが吹っ切れるなら」

テオドアはそう言って、ロウの汗ばむ額に手を触れる。

「――万人に望まれなくとも」

編んだ魔術式に魔力を乗せて、テオドアは動き続けているロウの心臓に額をあてた。そうして切なる声で祈りにも似た詠唱を呟く。

テオドアが展開する魔術式は、美しい。

交差する直線と曲線。円形と方形。複雑な式と簡素な式。そういうもので構成されて、色とりどりの光で宙空に描かれる。満ち溢れた魔力が乗ったその式は、魔力が乏しいロウの目にもはっきりと見えた。

荘厳で儚く、繊細で野蛮。騎士が焦がれる魔力が、手で触れそうなほど近くにある。ロウは、薄く開けたままのテオドアの淡褐色《ヘーゼル》の眼に、ぼう、と鮮やかな黄緑色の光が灯るのを見た。

「祈りを分かち合う友よ、祝福を授け給う――試式宿號《ごごう》」

波のようにたゆたうテオドアの声が、狭い階段で反響している。それと同時に、多重展開されていた魔術式が砕け散り、ロウに降り注いだ。

刈り取られるように、あるいは風が吹き抜けるかのように、意識が攫われる。

そうしてロウはテオドアの魔術式に導かれるままに、魔術で保管されたデラクレスの記憶《メモリー》に接続《アクセス》した。

――デラクレスが剣を振るっている。

興奮で上気した頬を緩ませて、愉しそうに。生き生きと輝く黒曜石の眼に、何度見つめられたことか。ロウは懐かしさと、もう二度とデラクレスに見つめられることはないのだ、という喪失感に襲われて奥歯をきつく噛み締めた。

幾度となく打ち合わされるデラクレスとレメクの剣。

最後にデラクレスと剣を合わせたのが自分ではない、という事実を突きつけられたロウは、レメクに激しく嫉妬した。

けれど、上機嫌で振るっていたデラクレスの剣勢はすぐに衰えて、彼から意欲が抜けてゆくのがロウにはわかった。デラクレスが、剣を合わせている相手がロウではない、と気づいたことにも。

『後継はロウだ、お前ではない』

冷徹に語る黒い眼が射抜いたのは、記憶を覗き見ているロウではなくレメクだ。それがわかっていても、その眼差しの強さにロウの背筋がゾクリと震える。

『いくらお前がアレの太刀筋を真似たとしても、まるで似つかない。これで気づかぬほうがおかしい』

その言葉に、ロウの心臓の裏側がむず痒く痛む。

デラクレスに拾われてから、何度も何度も剣を合わせて過ごした。その積み重ねが報われたような気がして、ロウは拳をきつく握りしめる。

『アレは俺が磨いた。至高の狼になり得る孤狼の騎士だ。第三部隊の隊長は、そういう男が相応しい』

デラクレスが剣を収め、背を向ける。追い縋るレメクにくれたデラクレスの一瞥は冷たい。拒絶の意志がくっきりと浮かび上がったデラクレスの眼を、ロウははじめて見た。

あんな目で、他人を見ていたのか、と。

デラクレスはロウに厳しく接することもあった。無理難題を押しつけて、平気で笑っているようなこともあった。たとえば、ロウの剣の腕前がデラクレスに追いつきそうになった頃、『俺を殺してみせろ。俺に恩義があるのなら、俺を殺してみせてくれ』と言い出すような。

けれどロウは一度も、あんなに冷たい視線を向けられたことは一度もない。

デラクレスの演説は続く。気分が乗って、普段より声高に語っている。

『ロウは違う。あいつは本物だ。あいつだけは、俺の本気を受け止められる』

その言葉を聞いた瞬間、だからなのか、とロウは途端に腑に落ちた。

きっと、デラクレスは全身全霊をかけて剣を振るいたかったに違いない。

ロウに殺されたかったわけではなく、ロウを殺したかったわけでもなく、ただ、本気で剣を振るいたかっただけ。

その相手に、唯一の相手に、ロウを選んだのだ、と。

『……自由に生きろ、ロウ。俺の後を継ぐ必要は、ない』

デラクレスの最期の言葉が、今、ようやくロウの魂に届いた。

死の間際、復讐を請うこともできただろうに。デラクレスの後継として収まることを願うこともできただろうに。

不甲斐ない自分を、恩人の望みを叶えることのできなかった自分を、デラクレスは許し、呪うことなく、ただ自由を願ってくれたから。

ああ、自分はこんなにも大事にされていた。なにはなくともその事実だけで、これからも生きてゆける。

ロウはようやくデラクレスの死を、親であり、兄であり、師匠であり、隊長であり、そして背中を預け合える仲間の喪失を、受け止めることができたような気がした。

そうしてそこで、再演された記憶はブツリと途切れた――。

「吹っ切れましたか」

と、眩い太陽の光を背に負うテオドアが、再度ロウに尋ねた。階段上から差し込む眩い光に、ロウは目を細めて一段登る。

一段、そして一段と。

歩みを重ねて地下牢から這い出たロウの胸の内は、新たに生まれ変わったような気持ちで満ちていた。

暑さの中に清涼さが残る初夏の風を浴び、夏の陽射しで灼ける前の大地を踏み締め、まだ柔らかな光を浴びる。深呼吸をして草と土の匂いを嗅ぎ、夏の気配を感じ取る。

「ああ――」

ほんの数日前まで、ロウの前を歩くのはテオドアではなくデラクレスだった。

デラクレスに拾われて騎士団に入ってからずっと、ロウの世界の中心にはデラクレスしかいなかった。まるで神様だった。

そんなデラクレスが、死んだ。

誰も彼もが、ロウを疑う中で、テオドアだけが無実を信じてくれたから。話を聞いて、あるいは聞いてほしくない話は聞かずにいてくれたから。なによりも、生きていてくれ、と懇願してくれたから。

あの夜からロウは、生まれ変わる日を求めていたのかもしれない。

そして今、デラクレスのためだけに生きていたロウは死に、自由と孤独を踏みしめて立つ孤狼の騎士が新たに生まれたのだ。

「――気持ちの整理はついた」

ロウが穏やかな気持ちでそう告げる。と、テオドアがそっと手を伸ばしてロウの首に触れた。正確にいえば、首に嵌められた隷属の首輪に。

「それじゃあ、首輪を外しますね。……これであんたは、本当に自由だ」

テオドアはロウに首輪を嵌めたときと同様に、外すときも素早くあっという間に済ませてしまった。

ガチャリ、と錠前が外れる音を聞いたとき、ロウはほんの少しの寂しさと、まっさらな道をゆく期待とで、胸が詰まって張り裂けそうだった。

×　×　×

ロウから隷属の首輪を外し、解放した日の翌朝。テオドアは念願叶って中央棟の食堂で朝食を取っていた。

ああ、もしも。もしも朝食まで美味かったらどうしよう。騎士団の食堂の虜になってしまったら、もう、どこにも行くことができない。そんなことを考えながら、魔術士であるテオドアはできるだけ目立たぬよう食堂の片隅でひとり朝食を口にしている。

テーブルの上には、一枚の大皿とスープ皿。大皿には、白チーズとジャムを挟んだパンと、塩気のあるハム、赤苺が盛り付けられていた。スープ皿には華やかな色合いのスープがなみなみとよそってある。

「やっぱ食堂の飯は美味いな……。水黒牛のチーズと無花果のジャムのサンドパンとか、神がかり的すぎる。花咲瓜のスープも、地鴨のハムも、どれもこれも美味い……魔塔の食堂とは大違いだ」

テオドアが、携行食からでは得られない豊かな味わいと彩りを堪能していると、ひとりの騎士が周囲のざわめきとともに近づいてきた。

「テオドア・オラニエ上級審問官」

漆黒の隊服に、夜の藍色を溶かしたような黒髪。その中で、琥珀色の目が美しく輝いていた。短い髪は丁寧に後ろに撫でつけられ、形のよい額と顔の輪郭があらわになっている。

ロウがまとう隊服からは、なぜか第三部隊の隊章が取り外されていた。だから、副隊長、と呼んでいいのか迷った末に、

「えっ、ロウ……副隊長？　おはようございま、す？」

と。テオドアは疑問系で名前を呼んだ。すると、である。

「オラニエ上級審問官にご挨拶申し上げます」

「な、なに？　なんなんですか。こんなとこで目立つことはやめてくんない!?」

他人行儀を超えて、まるで従僕のようなロウの態度。テオドアは大いに戸惑った。慌ててサンドパンを大皿に置き、汚れる口元を拭くことも忘れて椅子から立ち上がる。

それが、いけなかった。

皺もなくパリッとした隊服をまとうロウが、立ち上がったテオドアの前に跪いたから。

片膝をついて首を垂れるロウは、主人を得た騎士そのもの。不穏な噂が囁かれるロウが跪いたことで、テオドアは食堂中の視線を一気に集めてしまった。

「待って。待ってなにこれ、ちょっとストップ！」

制止するテオドアの声を、聞いているのかいないのか。ロウは周囲の視線もテオドアさえも気にせずに、耳通りのよい声で話し出す。

「テオドア・オラニエに、俺の命と剣と名誉を捧げる」

ロウがそう宣言した途端、食堂がざわりと音を立て、静まった。

それは、第三部隊副隊長の地位を棄てて、テオドアの騎士となる、ということだから。

審問官としてのテオドアではなく、魔術士としてのテオドアでもなく。一個人のテオドア・オラニエに仕える騎士に。

魔術士を狩るエレミヤ聖典騎士団の騎士が、魔術士に忠誠を誓うだなんて。前代未聞のあり得ない事態に、テオドアも当惑を隠せない。

「預けるのではなく？　それ、マジで言ってんの？　せっかく首輪を外して自由になったのに。デラクレス卿の言葉に縛られることなく自由に生きてもいいのに。あんたはおれを選ぶんですか」

少しばかり上擦った声が漏れる。期待してしまったことを悟られたくなくて、テオドアは頬の内側の肉を奥歯で噛んで、自分の前に跪くロウを見下ろした。

まるで狼のようだ、と。首を垂れるロウの姿に、孤独な狼の姿を視た。

狼は一匹では生きられない。群れを作り、群れのリーダーに従う。群れでの役目を果たし、そして忠誠を誓う。ロウは決してリーダーの器ではない。リーダーではないのなら、新たな主人《リーダー》を見つけなければ生きていけないのだろうか。

このままでいいのか、本当にいいのか。テオドアはしばし思案する。

騎士から忠誠を受けるということは、ロウに勲功を与えるということ。たかが一介の魔術士である自分にできるのか、と。

こんなとき、テオドアはいつもするように深呼吸をひとつ。深く吐いて、浅めに吸って。明瞭《クリア》になった頭で打算を弾き、仕方なしに合意した、と見せかけるように更にため息をひとつ吐き出した。

「顔を上げてください、ロウ。……あんた、それでいいんですか？　望めば隊長にもなれるでしょうに」

テオドアは、無所属の証である隊章のない騎士ロウに、手を差し伸べた。見開かれた目には喜色と躊躇の色が浮かんでいる。

夜を思わせる黒い髪、濁りのない琥珀色の眼。そして、精悍で艶めいた顔立ち。鍛えられた巨躯の持ち主であることは、隊服をキチリと着込んでいても、よくわかる。

この騎士が、おれのもの。いつでもついて回って、いつでも側に。

そう考えると、悪くない。テオドアは無敵になったような気がして、ロウを見る。すると、黙って考え込んでいたロウがようやく、ボソリと低く返した。

「自由に生きていい、と言われたから」

ロウはそう言ってテオドアの手を取り、ぎこちなさが残りはするけれど柔らかく笑ってみせた。はじめて見るロウの微笑みに、テオドアは一瞬、返す言葉を見失った。

これは、もう、観念するしかない。

無感動で、無感情。振れ幅の少ないロウの目が、顔が、輝いていたから。テオドアは、長く長く息を吐き出して、それから口を開いた。

「いいんですか。おれに忠誠を誓うってことが、どういうことか、わかってますか」

テオドアはそう言うと、人さし指の指先に魔術式を紡いでロウのうなじにそっと触れた。途端、触れた箇所から魔術式が展開されて巻きついて、ロウの首には新たな首輪が嵌められていた。

その首輪に名前はない。形だけのただの飾りだ。けれど繋ぎ目はなく、テオドアにしか外せない強固な首輪。

「今なら外せます。どうします？」

テオドアがニヤリと笑う。対するロウは、最敬礼をしたまま動じない。

「最大限の配慮に感謝する。これで俺は、オラニエの騎士だ」

ロウがそう宣言すると、食堂中にざわめきが戻ってきた。

波のように広がる動揺と、煽るような口笛の音。有象無象の歓声と困惑が伝播して、再び食堂が揺れる中、見知った声が割り込んだ。

「なに言ってんだよ、副隊長！　お前が隊から抜ける？　隊長がいなくなってお前が抜けて、たった二日半。たったそれだけで、めっちゃ忙しいのに？　書類の山が少しも片付かないのは、なんでなんだよ……なんでアイツら、増えんだよ……」

「まあまあ落ち着きなよ、デヂモ君。きっと、すぐに飽きて戻るだろうから」

いつ食堂に来たのか。いつテオドアの近くまで忍び寄ったのか。デヂモとジルドが連れ立って、テオドアが座る左右の空席にどかりと座ってそう言った。

「副隊長、戻ってくるんです？　できれば早急に戻ってきてください！」

両手をパンッと勢いよく合わせて合掌しながら、デヂモがロウに頭を下げている。デヂモは第三部隊で、ロウとデラクレスが抜けた穴を必死で埋めている、らしい。主に書類仕事を請け負っているのは、実家が商家だからだろう。

そんなデヂモの懇願に、しかしロウは情け容赦なく拒絶を示した。

「戻るつもりはない」

「そんなッ⁉」

「えぇー？　でも、うちのテオ、近いうちに魔塔に帰るけど」

「……オラニエ、そうなのか？」

「帰らないって、違うから。おれの医療魔術士《ドクター》が、検診に来いってうるさいだけなんで。

……少なくとも、デラクレス卿の葬儀が終わるまでは、ここにいる」

本当のところは、魔塔に帰るのが面倒くさい、という身勝手な理由で医療魔術士《ドクター》からの帰還要請を無視しているだけ。なのだけど、テオドアは情に厚そうな人間のように装って、しんみりと答えた。

帰るのか、と聞いたロウの表情が、まるで、捨てるのか、とでも言うような悲歎《ひたん》と不安に満ち溢れていたから。

猫ならともかく、狼を飼う予定なんてなかったのにな、と。つい、うっかり。そう思ってしまったから。

ふと気づけば、視界の隅でジルドがなにか言いたそうな表情を浮かべていた。けれど、気づかなかったことにして、テオドアはロウに向かって儚く笑った。

「ロウを置いては行かないんで」

だからロウは、ただひと言。

「そうか。……感謝する」

と。そう答えて、目元と頬とを柔らかく緩めた。

ああ、なんて。なんて平和なのだろう。テオドアはサンドパンを齧りながら、次の事件が起こるまで、できるだけ長くこの平穏が続けばいい、と切に願う。

本書は、投稿サイト「ｐｉｘｉｖ」に掲載された作品を改稿し書き下ろしを加えたものです。

TO文庫

審問官テオドア・オラニエと孤狼の騎士
〜いかにして魔術士は無辜の死神に
首輪を嵌めたのか？

2025年2月1日　第1刷発行

著　者　七緒ナナオ

発行者　本田武市

発行所　TOブックス
〒150-0002 東京都渋谷区渋谷三丁目1番1号
ＰＭＯ渋谷Ⅱ　11階
電話 0120-933-772(営業フリーダイヤル)
FAX 050-3156-0508

フォーマットデザイン　金澤浩二
本文データ製作　TOブックスデザイン室
印刷・製本　中央精版印刷株式会社

Printed in Japan ISBN978-4-86794-446-2